騎士&魔法 6

Knight's & Magic

Hisago Amazake-no 天酒之瓢 插畫／黑銀

「交給我們吧。」

咆哮聲震耳欲聾。
鬼面六臂的鎧甲武士準備出擊。
伊迦爾卡單騎飛向天空。
「由我和
伊迦爾卡……
殲滅這些魔獸！」

席爾斐亞涅 Syrphirne

主要搭乘者／亞黛爾楚・歐塔

spec

總高度／ 17.3m

啟動重量／ 42.6t

裝備／騎槍、小型連發投槍器
魔導短槍、牽引索

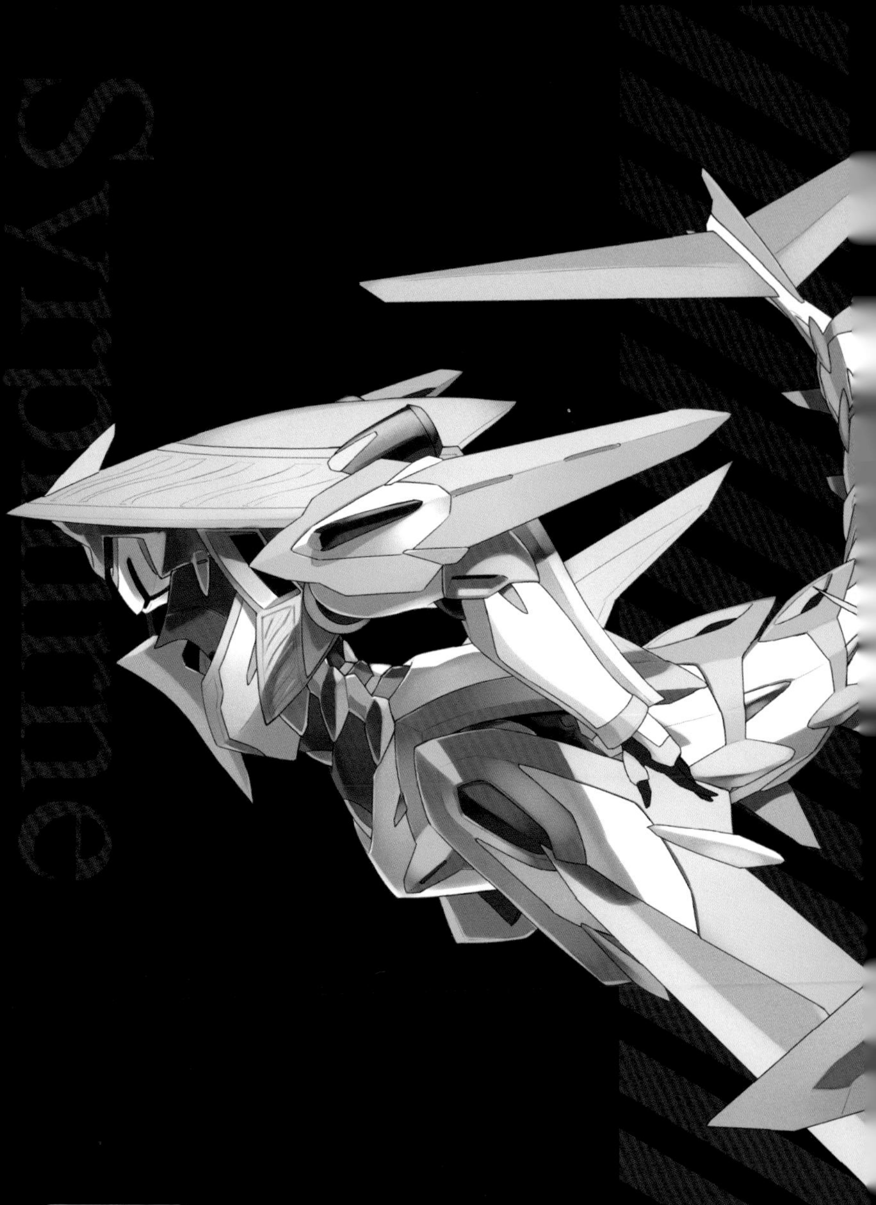

explanation

因為受到飛空船的刺激，艾爾涅斯帝開發出史上第一架完全飛行型的幻晶騎士。結合幻晶騎士與飛空船的技術建造而成，外觀呈現半人半魚的姿態，別名飛翔騎士。設計上主要是參考人馬騎士澤多林布爾，據說騎操士們在空中的操縱動作就像騎馬一樣。隨著本機的完成，確立了空戰特化型機體的地位，其與飛空船的合作更擴大了活動領域，對弗雷梅維拉王國以及銀鳳騎士團未來的走向造成極大的影響。

阿迪拉德坎伯 Erledyradcumber

— 主要搭乘者／艾德加・C・布蘭雪

spec

總高度／ 10.5m
啟動重量／ 22.6t
裝備／長劍、盾
　　　可動式追加裝甲

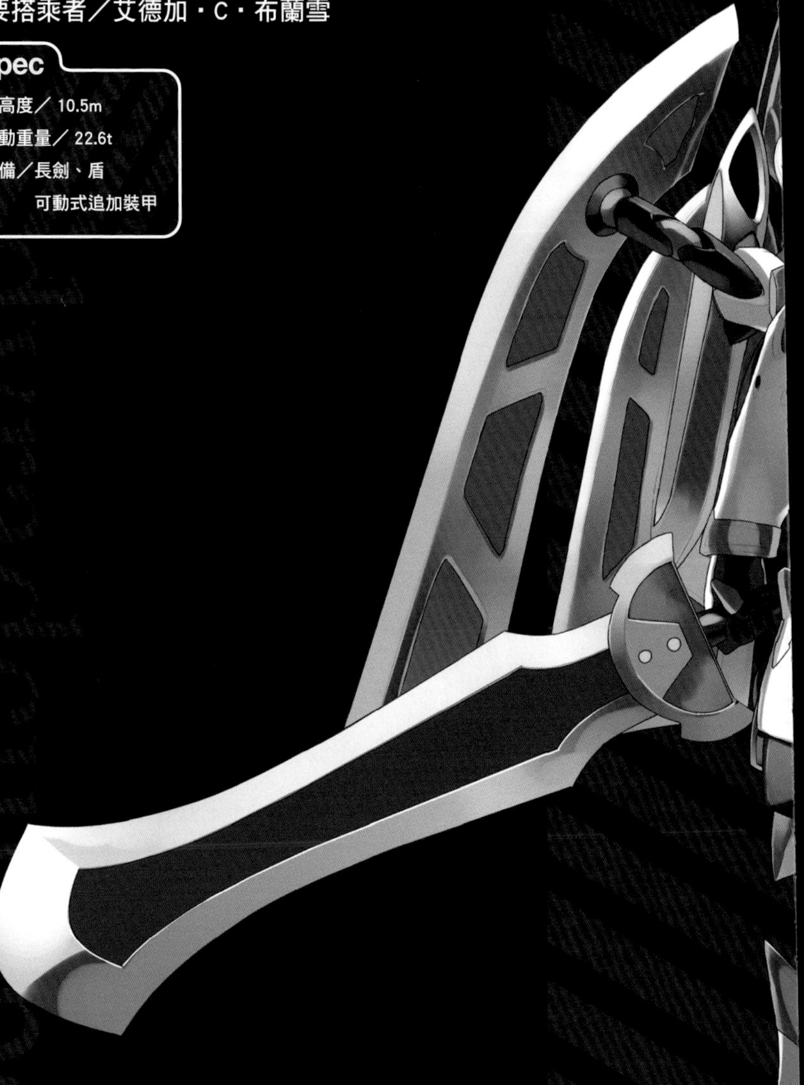

explanation

艾德加的座機，用來取代嚴重毀壞的厄爾坎伯。以卡迪托雷為基礎，使其外觀形似厄爾坎伯。直接採用了艾德加在測試時使用的可動式追加裝甲，成為防禦力極高的機體。此外，內藏的魔導兵裝也具有足夠的攻擊力，使這架銀鳳騎士團第一中隊的隊長機得以在許多戰役中大展身手。

迪特里希突然站了起來。
他正面狠狠瞪著國王。
「……那就是我們
銀鳳騎士團。」

輕小說

L

騎士＆魔法
6

天酒之瓢

插畫/黑銀　　譯者/郭蕙寧

illustration 黑銀

騎士&魔法 6
Knight's & Magic

CONTENTS

序幕

『澤特蘭德大陸』承載著人與巨大的機械騎士，以及魔獸們的生息活動。

廣大無垠的陸地由聳立於其中央、險峻的歐比涅山脈一分為東西兩側。騎士之國『弗雷梅維拉王國』就位於山脈東側拓展開來的平原地帶上。該國幅員遼闊，『萊西亞拉學園市』則位在山腳與平原的交界上。

那一天，在學園市一隅的某間私人住宅裡，『瑟莉緹娜・埃切貝里亞』不經意地往窗外一望，看到一個奇妙的物體。硬要說的話，那是一艘『船』。那艘『倒過來的船』彷彿劃開在空中流動的雲海一般，大大地鼓起船帆，在空中前進。

「哎呀，得趕快準備才行。」

她怔怔地眺望那艘船好一會兒，然後像是想到什麼，小跑著出去。

這時，目擊到那艘異常船隻的人不只有她一個。路上的行人、擺攤的小販，就連『萊西亞拉騎操士學園』的學生們也不例外，所有人全都目瞪口呆地仰望空中的飛空船。

飛空船悠然滑過萊西亞拉騎操士學園上空，沒有理會因目睹未知存在而一陣騷動的人們。

它減緩速度，打開看起來像是甲板的底部。有個物體從漆黑洞口中一躍而出。它展開四肢，是個全身穿戴鎧甲的巨大人型物體。不用說，那正是這個世界上人類最強的兵器『幻晶騎士』。

那架幻晶騎士魯莽地從飛在高空中的船上直接跳下，身上連一條鎖鍊也沒掛。地上看著的人們還來不及倒抽一口氣，它就從全身裝甲噴出猛烈火焰，再利用劇烈噴射的反作用力對抗重力，漸漸減緩掉落的速度。最後降落在萊西亞拉騎操士學園的訓練場上，身邊揚起漫天塵土。

教官們穿過躁動的學生人牆，陸續趕過來。其中當然包括戰鬥技能教官『馬提斯・埃切貝里亞』。

學園裡幻晶騎士用的訓練場頗為寬闊。他一看到在場上正中央噴著火焰降落的幻晶騎士，便無奈地嘆口氣。他不可能認錯那個身影：背上長著四隻手臂，外形怪異；還有那副看起來像凶神惡煞的面甲。就算澤特蘭德大陸再寬廣，如此脫離常識的幻晶騎士也只有一架。再加上駕駛它的騎操士——

「我就想在吵什麼，原來是『伊迦爾卡』……唉，艾爾那傢伙，又要開始搞得天下大亂了啊……」

他決定把傻眼先放一邊，在塵土瀰漫的訓練場上，朝降落的伊迦爾卡走去。

◆

萊西亞拉學園市的居民們都指著停在天上的飛空船議論紛紛。這時候，不管是待在家，還是在學園裡的人，幾乎整座城市的居民都跑到外頭，好奇地仰望浮在空中的巨大飛空船。

一道嬌小的人影小跑著，穿過將路上擠得水洩不通的民眾。輕柔的銀紫色秀髮一閃而過的光輝絆住幾個人的目光。當他們回過頭一看，那抹色彩卻早已消失在人群中。閃耀的銀紫色就那樣一路跑向城市的一隅。

他的目的地是一棟在街上略為醒目的大宅邸。一名女性正站在埃切貝里亞邸前面。

「艾爾，歡迎回家。」

在家門前等待的緹娜一看見艾爾涅斯帝便露出微笑。艾爾也回以微笑，快跑到緹娜身邊。

「我回來了！母親。請看看那個，我把稀有的船當作紀念品帶回來了喔！」

順著艾爾指出的手望去，眼前是一艘飄浮在萊西亞拉上空的怪船。即使目睹未曾見過的存在，也不見緹娜表現出慌亂的神色，只是極其自然地偏著頭說：

「哎呀，那艘船果然是你帶回來的呢。那麼大的船居然能夠飛上天，西方真是厲害。」

緹娜一臉佩服的樣子，而艾爾也沒有糾正她有些偏離重點的感想。

「沒錯，那艘船很特別。母親要不要也搭一次看看？從天上俯瞰弗雷梅維拉王國非常美麗喔。」

「我也能搭？我連在水上航行的船都沒怎麼搭過呢。不過，既然你邀請了，就稍微打擾一下浮在天上的船吧。」

「好的！而且還有很多當地發生的趣事……」

擅自將實際上是最高機密的兵器挪為私人用途，還與高采烈地聊著天的母子倆走進屋內。

此時為西方曆一二八三年，時序剛過冬天。

參與在西方諸國被稱為『大西域戰爭』的戰場，營救友邦克沙佩加王國於水深火熱之中的銀鳳騎士團，終於凱旋歸國了。

◆

幾天後，一場與萊西亞拉學園市類似的騷動，在王都坎庫寧再度上演。

飛空船悠然滑過王都上空，直接往位在近郊的近衛騎士團專用訓練場降落。看見飛空船收起迎風的船帆，開始慢慢下降，近衛騎士團差點進入備戰狀態，在看到搶先一步從船體中出現的東西後停下動作。

一架幻晶騎士拖著喀啦喀啦的鎖鏈聲響，用升降機放到地面上。一看到那架散發出金色光芒的金獅子威風堂堂地降落，周圍的人紛紛失望地發出無奈的呻吟。

「哈哈哈！久違的坎庫寧！本王子回來啦!!」

場景換到王城雪勒貝爾城的謁見廳。

收到銀鳳騎士團歸國的通知，國王里奧塔莫思一看到笑容滿面的第二王子埃姆里思，就忍不住嘆口氣。

「……真是的，這個笨兒子。有哪一國的王子歸國後沒有先到國王這裡報告，反而從頭頂上飛過去？」

「喔，抱歉，老爸。我們順便送銀色團長回家一趟了！」

「不是順不順便的問題。你不知道那艘『飛在天上的船』在王都造成多大的騷動嗎？」

「哈哈哈！嚇到了吧！那還挺有趣的喔，老爸！」

發現他根本答非所問，里奧塔莫思差點抱頭嘆息，但是當著諸侯的面，還是勉強忍住了。

「那艘船的真面目令人在意。不過朕之後會再好好問個仔細。總之……你們贏了吧？」

國王端正姿勢後，向埃姆里思問道。埃姆里思加深臉上的笑容，舉起雙臂回答：

「那當然！克沙佩加雖然曾暫時覆滅，後來又順利復國了！伯母、伊莎朵拉還有埃莉諾也都沒事！」

「這樣啊……幸好她們都平安無事。」

只有這一瞬間，里奧塔莫思臉上露出擔心家人的神情，而不是國王的表情。除了友邦克沙佩加王國的狀況以外，他也很擔心嫁到該國的妹妹（馬蒂娜）。接著，他很快板起臉，擺出國王應有的威嚴。視線望向埃姆里思後方，現在理應停泊在城外的怪船上。

「……話說回來，居然有會飛天的船。你回來所乘的交通工具真是奇妙。製造者又是那個艾爾涅斯帝嗎？」

得知戰勝的消息後，他的注意力便轉向飛空船。

這個世界還不曾有過進入實用階段的航空機器。因此飛行船不只是外形怪異，更可說是撼動世界常理的存在。至於能夠做出那種東西的人物，里奧塔莫思心裡除了率領銀鳳騎士團的少年騎士團長之外，不作第二人想。諸侯們也大多這麼認為。意外的是，埃姆里思卻搖頭否定。

「不對！一開始做出那個的，是侵略克沙佩加的甲羅武德王國。畢竟我們之前從沒見過、也沒聽過會飛的船，在對抗它們的時候也陷入苦戰……」

周遭的人們聽見難以想像是出自第二王子之口的平靜語調，全都忍不住屏住氣息，一抬起頭仰望天上的巨大飛空船，他們幾乎都能感受到一股緊張感。曾經帶領過騎士的人之中，也有人開始想像自己帶隊與飛空船戰鬥的場面而緊張起來。

在場所有人正感到動搖不安，埃姆里思的下一句話，卻一口氣打破現場的緊張感。

「但是，銀色團長很中意那些船啊！不只把它打下來，還搶了好幾艘回來！」

埃姆里思挺起胸膛，就像是在宣揚自己的事蹟一樣。相對的，里奧塔莫思則無力地將手肘靠在玉座上。幸好周圍的諸侯也是差不多的情況，沒有被人發現自己的失態。

「……是否該對此感到佩服，著實讓人傷腦筋。哎，這些小事就算了。銀鳳騎士團又怎麼樣了？」

「啊啊！因為搶來的船幾乎都留在克沙佩加王國了！一艘船能載的東西實在有限，所以只有我們先回來！我想其他人也會陸續抵達。」

在埃姆里思放聲大笑的期間，國王這次真的抱住了頭。不過，他也只維持那個動作一下。

「這事也暫且不提。但是，就朕看來這麼便利的工具，你們只帶了一艘回來嗎？傷腦筋……你說那是敵國的技術，難道就沒有誰知道製造方法嗎？」

「這點完全不用擔心！銀鳳騎士團都仔細研究過了，也將製造方法教給克沙佩加，應該很快就會在西方諸國間傳開，開始爭相製造吧。」

事實上，銀鳳騎士團就是衝在這世界技術尖端的失控集團。在場眾人想不出還有誰比他們更適合調查新技術。這時，埃姆里思拍一拍手，只見一名侍者恭敬地捧來一大堆紙束。里奧塔莫思看過寫在上頭的飛空船的秘密後，不禁發出頗具深意的沉吟。

「……原來如此，那麼，我國也不能落於人後啊。在此之前，畢竟友邦的勝利是一件值得慶祝的事，必須廣為宣傳才行，當然也包括這奇妙的船在內。待銀鳳騎士團本隊歸還，就馬上舉行典禮吧。」

國王做出結論後，便離開謁見廳。諸侯們亦各自忙著展開行動，針對今天得知的最新消息研究對策。其中，只有埃姆里思一個人思考著無關緊要的事情——好久沒回到自己的房間，要好好放鬆休息了。

在通往內城的走廊上，里奧塔莫思靜靜走著，他比了一個手勢後，一道人影立刻無聲無息地出現，屈膝跪在他的後方。

「馬上召來歐法跟蓋斯卡。跟他們說是『有關飛在天上的船』，他們應該就會飛奔過來了吧。」

他瞥了後面一眼，人影早就離開原地。他也不甚在意，只是沉浸在今後將會掀起一陣動盪的預感中。

◆

兩天後，受到國王召喚的兩人出現在雪勒貝爾城。引導的士兵沒有帶他們前往莊嚴富麗的謁見廳，而是走向位在更深處，一間樸素的會議用房間。

當國王現身時，兩人的反應可說是天差地別。看起來年輕的國機研所長『歐法・布洛姆達爾』一臉平靜，與平常沒什麼兩樣；工房長『蓋斯卡・約翰森』儘管年事已高，卻還像個小孩子一樣掩不住興奮的神色。

見到意料中的光景，里奧塔莫思臉上不禁露出苦笑，同時開門見山地切入正題。

「好了，召你們過來不為別的，是關於在王都引起騷動的飛天之船……正確來說是『飛空船』。有件事要拜託身為技術人員的你們。想必你們也很感興趣吧？」

比起詢問，更像是確認的口氣讓兩人點點頭。艾爾與埃姆里思搭乘飛空船凱旋歸來，不過是短短兩天前的事。之後，飛空船就一直停泊在坎庫寧郊外。即使他們身居要職，卻並未知道得比傳聞更詳細，這也是他們匆匆忙忙地應召喚而來的理由。

「是、是的！當然是如此。那麼大的船居然能飛上天，其中到底有怎樣的機關，實在令人非常好奇……」

蓋斯卡記取以前的教訓，努力壓下興奮的口吻，但還是掩飾不住不時展現的焦急舉動。至於他身旁的歐法雖看起來很冷靜，但頭巾底下似乎有什麼東西在動，這也沒逃過國王的眼睛。

里奧塔莫思與先王不同，沒有吊人胃口的興趣，馬上就將放在一旁的一疊資料推到兩人面前。

「上頭詳細記載著由銀鳳騎士團帶回來的飛空船相關技術。據說是叫『純乙太作用論』，這就是讓船飛上天的秘密技術。」

歐法微微屏住氣息，神情嚴肅地接過那疊資料。

「居然如此運用乙太，飛空船……在空中航行的船。真是令人畏懼啊。」

即使站在衛使的立場，歐法仍然屬於創造出魔力轉換爐，精通魔導精髓的一族──亞爾芙之民的其中一人。對純乙太作用論的存在，肯定懷有複雜的感受。他不見平時雲淡風輕的模樣，直盯著資料開始閱讀，簡直像想把資料吞下去一般。

「真是，埃姆里思那傢伙，都怪他們大搖大擺搭著飛空船回來，結果害目擊到的民眾開始產生各式各樣的臆測。」

里奧塔莫思用有些疲憊的語氣搖頭說道。正如他所言，王都前不久才因為那艘神秘飛空船引發大騷動，到現在更有許多加油添醋的謠言甚囂塵上。如果不盡快做出應對，誰曉得還會傳出什麼天方夜譚。

「既然已經在克沙佩加王國那邊的戰爭中證明它的價值，飛空船勢必會成為今後推動世界變化的重要技術。埃姆里思也說過，為了取得飛空船技術，西方諸國已經積極展開行動。」

蓋斯卡的臉色已經超越興奮，漸漸轉為鐵青。他開始理解到這項技術發展所帶來的影響有多麼無可限量。

「經過那一仗，可以知道我們的立足點並非堅若磐石。凡事都要有備無患。從現在起，朕命你們國立機操開發研究工房傾注全力，進行飛空船的研究與開發！」

「……遵旨！」

接到國王的諭令，兩人異口同聲地回答，接著當場收下飛空船建造技術的圖紙，趕回國立機操開發研究工房的所在地杜佛爾。想來他們很快就會積極展開行動。

兩人離開後，里奧塔莫思回到內城，深深嘆了一口氣。

「話說回來，銀鳳騎士團自從為我國帶來新的幻晶騎士後，才不過短短數年。光是新機體就稱得上驚天動地的大事件，跟他們扯上關係的事情，總是來得如此唐突。」

里奧塔莫思不像先王和兒子那樣感情表現豐富，從他那張缺乏情緒起伏的臉上，看不出究竟是感嘆還是歡喜。

◆

之後，在旁人眼中看來，國機研的活動簡直認真到令人望而生畏。他們可說賭上自身的技術與自尊心，才得以習得這項全新的技術。

幸運的是，所有的基礎技術都已經由銀鳳騎士團詳細地歸納完成，他們能輕易地進行仿造。再說，除了源素浮揚器以外，其他構造幾乎都是出自既有的船舶技術。源素浮揚器的原理本身也不算困難。沒多久，一般被稱為『運輸船』的輸送用飛空船就此問世，並且在弗雷梅維拉王國內開始普及。

就這樣，大陸東西方皆穩步走向大航空時代。

不同於西方受到大西域戰爭的影響，仍無法脫離混亂，弗雷梅維拉王國順利地推動最新型幻晶騎士的普及。由於幻晶騎士的基礎戰力大幅提升，國內的魔獸所造成的災害也因此減少了，更與強化國力有直接的關係。

在這段各方面領域都有突破性進展的時期，無論是誰，都對『飛空船』這項未知的技術寄予厚望。

天時、地利加上人和所孕育的熱情中，弗雷梅維拉王國內有人提出了某個計畫。

——那就是利用飛空船進入『博庫斯大樹海』，展開調查飛行。

第十一章 飛翔騎士開發篇

第四十八話　他所期望的世界

繼搭著『對空衝角艦』先行歸國的埃姆里思和艾爾涅斯帝之後，走陸路的銀鳳騎士團本隊雖然多花一點時間，最後也平安回到弗雷梅維拉王國。眺望越過歐比涅山脈，凱旋而歸的幻晶騎士部隊，並且聽到他們帶回勝利的消息，王都的居民們無不為之興奮雀躍。

與此同時，籠罩在神秘面紗下的飛空船，也向民間公開它的真面目。這艘化空中飛行為可能的船，一登場就讓所有聚集而來的民眾們大吃一驚。飛向廣闊蒼穹的可能性，令所有人為之著迷，並生出一種大飛躍的時代即將到來的預感。

經過各式各樣的凱旋儀式和典禮之後，銀鳳騎士團的眾人終於回到弗雷梅維拉王國的日常中——

◆

「那麼，雖然才剛回來，但我們還是快點開始研究開發『飛翔幻晶騎士』吧。」

銀鳳騎士團在王國的據點奧維西要塞裡，騎士團長艾爾涅斯帝・埃切貝里亞在集合的團員面前高聲宣布。

他們的日常開始了。

把騎士團所屬的幻晶騎士搬進要塞裡，剛要喘口氣休息的騎操士和騎操鍛造師們面面相覷，都是一副不知道說什麼好的表情。

「很好，大夥準備開工啦。這陣子暫時不會打仗，都給我好好把裝備擦亮了！」

就算只是洗去旅塵，對象只要換成幻晶騎士，就是不小的工程。他們從克沙佩加出發的時候就已經做過一定程度的整備，可是經過長距離移動之後，還是少不了徹底的維修保養。

老大『達維・霍普肯』熟練地分配好工作之後，用下巴示意中隊長們過來集合。

「怎麼了？雖然大概能猜到……」

「幻晶騎士也要飛上天了呀……」

老大轉動肩膀發出嘎嘎聲響，一旁的第三中隊長『海薇・奧伯里』死心地嘆了口氣。至於第一中隊長『艾德加・C・布蘭雪』，則是一臉嚴肅地盤起胳膊，沉聲道：

「話說回來，我們不是已經和陛下報告過飛行船的事了嗎？在剛才的典禮上也大肆宣傳過了。」

「對啊。那陣子雖然忙得要命，還是努力把資料整理好了。」

老大秀出手臂上的肌肉如此強調。與甲羅武德王國戰鬥的同時，他們也對擄獲的飛行船進行詳盡徹底的調查。到了現階段，銀鳳騎士團對船體的熟悉程度已經不亞於原本的製造者。儘管如此，在戰爭那樣混亂的環境之中，要如此鉅細靡遺地整理好資料，實在是困難重重。

「嗯，聽說飛行船在典禮上發表之前，陛下就先對國立機操開發研究工房下達開發的指示。我想，現在國機研上下應該正忙得人仰馬翻吧。」

「突然收到飛空船的設計圖，那也難怪……」

回想起過去的經驗，海薇語帶憐憫地喃喃說著。飛空船是這個世界上首次出現的實用飛行機器。能夠淡然視之的艾爾算是異類，換作是一般人，大概會嚇破膽吧。

「國機研是很值得同情沒錯，可是我們也不能落後西方諸國。今後將正式著手進行飛行船的研究開發。這樣的話，你的想法就會偏離其他人的意願。我們好歹是陛下的直屬騎士團，那樣行動實在太招搖了。」

第二中隊長『迪特里希・庫尼茲』已經完全不驚訝，達到看開一切的境界。艾爾對他的話煞有介事地點頭同意，但在場的每一個人都不認為他會撤回前言。

「有道理，但是不可以忘記，我們銀鳳騎士團是什麼存在？」

艾爾握緊拳頭，如此強烈主張：

「我們接到的命令只有一個……那就是開發更先進的『幻晶騎士』！而且這個命令到現

在，一次都沒有變更過。換句話說，這個命令依然有效！」

「噢，這麼說也對。那就沒辦法了。」

老大不由得點頭同意。這時，一隻手從旁邊伸向艾爾的腦袋，接著一把抓住。迪特里希一邊揉著比自己矮一截的腦袋，一邊深深嘆口氣，說：

「……唉，老大你也不要那麼簡單就被說服。那不就只是強詞奪理嗎？而且，考慮到飛空船的利用價值，陛下會重視哪一邊也很清楚吧？你們又打算怎麼做？搞不好明天就會接到優先開發飛空船的命令喔。」

銀鳳騎士團成立的原意雖說是為了支持艾爾涅斯帝，可是明目張膽地背離國家的行動方針，還是令他們感到抗拒。再怎麼說，他們還得顧及身為國王里奧塔莫思直屬騎士的立場。

「沒問題，就算是我，也不會因為一時任性就只顧著做幻晶騎士。」

「咦？真的？……真的？」

在亞蒂懷疑的視線注視下，艾爾仍面不改色地笑著說：

「對。不如說，如果陛下重視飛空船，才更需要讓幻晶騎士飛起來。」

艾德加與海薇訝異地面面相覷，然後用眼神向迪特里希探詢，而他只是聳聳肩。雙胞胎也是滿頭問號。只有老大的眼神變得犀利。

「要說為什麼……這個嘛，大家都有過經驗吧？飛空船技術的出現，使得戰場從陸地擴大到空中。那麼舉例來說，幻晶騎士在地面上戰鬥的時候，假設有飛空船從頭頂上壓制，要怎麼辦？」

這個問題想都不用想，靠之前的戰鬥經驗就能得到答案。

「飛空船的攻擊能力不容小覷。來自頭頂的攻擊很具威脅性，應該盡可能搶先排除飛空船。」

「對啊。連人馬騎士(澤多林布爾)都甩不掉它們，想逃走也不簡單。」

「正是如此。也就是說，今後不論是要在陸上還是空中作戰，首先都必須掌握『制空權』……」

這時候，不知何時收到指示的雙胞胎把黑板推過來。艾爾興高采烈地在黑板上揮動粉筆，在下方畫出幻晶騎士，上面再畫一艘船——他在船的周圍畫一個大圈，然後在旁邊補上『制空權』幾個字。

「這就是『制空權』的概念。好，那麼我問各位，到底要怎麼做才能排除飛空船，取得制空權呢？」

「唔，艾爾涅斯帝，我漸漸理解你想說什麼了。不過，法擊戰特化機和魔導飛槍就是為此存在的。有必要特地讓幻晶騎士飛上天嗎？……呃，你該不會只是喜歡幻晶騎士才想改造……」

艾爾的藍眼看向滿臉困惑的艾德加，加深臉上的笑容。忽然間，身邊的人都有種空氣變質的錯覺。

「你們真的認為……那樣就夠了嗎？」

粉筆喀喀作響，艾爾繼續補足黑板上的示意圖。飛空船所搭載的法擊戰特化機，與它們放出來用於保護船身的雷之盾。那是在與甲羅武德王國的戰役中出現的近程防禦武器系統。

「不能太小看人們的智慧。在那場戰役期間，他們就已經想出對策。今後魔導飛槍的效果只會愈來愈薄弱。」

正因為艾爾是將魔導飛槍帶到這世上的當事人，他很清楚其優缺點，早已認清魔導飛槍對飛空船並不是絕對有效這一點。

「而且，說不定各位已經忘記了。雖然統稱為飛空船，其中還有那艘模仿飛龍的戰鬥艦。」

說到這裡，中隊長們的臉色也變得嚴峻。

『飛龍戰艦（維維爾）』數量只有一艘，但是其擁有的戰鬥能力卻超越一個營以上的幻晶騎士部隊。更曾經一度打退伊迦爾卡，最後是在加入對空衝角艦，發動總攻擊的狀況下才勉強解決掉的強敵。飛龍的強大是眾人有目共睹的。

「你說的或許沒錯……但是能做出那個的，也只有甲羅武德王國吧？既然吃了那麼大的苦頭，想必他們暫時也不會有所動作。」

儘管艾爾點頭同意迪特里希的話，但他還有不同的看法。

「有可能。至少現階段還不會出現。可是，既然已經被人看到過，就免不了會有人仿造。曾經戰勝飛龍的我們，必須先想好再次遭遇時該怎麼對付它。」

思考對策，這可以說是與之有過交戰經驗的銀鳳騎士團才能勝任的工作。

聽見他的回答，迪特里希盤起雙臂，陷入沉思。基本上可以用法擊戰特化型機或投槍戰特化型機迎戰，但是他很清楚，這些對抗手段根本無法將飛龍擊墜。

「用飛空船在空中迎擊也很困難。飛龍的對地攻擊力就不用說了，在空中更是所向無敵。那麼，就做一艘同類型的戰艦硬碰硬……不，那樣實在太浪費了。」

迪特里希發出呻吟。他雖然陸續想了好幾種方案，但最後還是舉起雙手投降。接著，他轉念一想，提出下一個疑問。

「假設幻晶騎士能飛上天，就有辦法跟飛龍戰鬥嗎？」

的確，如果幻晶騎士真的能飛，兩者就站在相同的起跑點上了。但這並不表示雙方的力量旗鼓相當，戰鬥能力懸殊仍然是不可否認的事實。

「他們的雷擊防禦對遠距離攻擊很有效，再加上本身的機動力能夠輕易化解遠距離攻擊，所以反而是近身戰更有勝算。」

「原來是這樣。但是，若要說你的想法有什麼問題，那就是不要以為伊迦爾卡辦得到，其他人就辦得到……我是認真的。」

「這我當然明白。伊迦爾卡是我竭盡心力、用心良苦做出來的專用機，我不會要求其他人達到一樣的標準。不過，就算是普通的幻晶騎士，只要能湊齊數量，組成陣形，再配合戰術行動的話，也不見得會輸給飛龍船。」

這種思考方式，在時常必須面對強大魔獸的弗雷梅維拉王國相當常見。

「要是繼續維持現狀，我們的確欠缺對抗飛龍船的手段。能夠採取的攻擊選擇是愈多愈好……」

在周圍的人開始接受後，艾爾擦掉黑板上所有的文字，然後高興地轉身面向所有人。

「好了，剛才講的都是以飛空船為對手的情況。但是，如果要上奏陛下，接下來我要說的才是重點。」

還有啊？在場沒有人會這麼說。只要一扯上幻晶騎士，艾爾往往會考慮各種情況，甚至到有點想太多的地步。和他相處這麼久，大家都很明白他的習慣。

「飛空船最大的價值在於它的移動和運輸能力。得到飛空船以後，人們一定會飛向更遙遠的地方。難道他們的目的地只會侷限在西方諸國和弗雷梅維拉王國？當然不可能。轉眼間，他們就會覺得這樣的世界太過狹小，那麼接下來就是……」

艾爾又在黑板上簡單畫出西方諸國和弗雷梅維拉王國的地圖。所有人都已經預想到下一句話是什麼了。在空中航行的船，飛空船，其航線不會受到地形要素的影響。那麼，目標就會指向——

「博庫斯大樹海嗎？還是未知大海的另一頭？不管是哪一邊，這些地方肯定都充斥著成群的魔獸。只靠飛空船前往探勘實在太危險了，一定要有保護飛空船的武力……除了幻晶騎士還有別的選擇嗎？」

艾德加、迪特里希和海薇輕輕呼出一口氣。奇德與亞蒂回想起過去在學園上課學到的內容。

「各位明白了嗎？我們已經不能再滿足於地上的活動。畢竟我們的存在正是為了守護人類的家園不被魔獸威脅，不是嗎？各位騎操士們。」

這句話讓人無從反駁，事情就此拍板定案。先不論西方諸國，弗雷梅維拉王國的騎士、騎操士的最大本分，就是要保衛人民不受魔獸侵害。

幻晶騎士是守護人民的巨人騎士。既是向巨大凶惡的魔獸揮下的劍，也是抵禦魔獸所架起的盾。那麼身為騎士要怎麼做，答案已經很清楚了。

「人們所居住的世界無時無刻都在擴張。有了能飛上天的船，更加快了這個過程。如果下一個戰場是在天空的話，幻晶騎士和騎操士都必須改變……不，『我會讓他們改變』。無論要前往這個世界的哪個角落，我都會與幻晶騎士相伴而行。」

所有人面面相覷。雖然他們的騎士團長經常做出超乎常理的舉動，但是他們可以清楚理解到這次『不一樣』。接下來不會像過去一樣僅止於擴張已知的世界，而是由艾爾主動改變世界，使之不斷變成他所期望的樣貌。沒有人能夠預測他的行動會導致什麼樣的結果。唯一可以確定的，就是到時候一定會有幻晶騎士伴其左右。

「……或許該佩服我們的團長。身為一名騎操士，這番話聽來確實很吸引人。」

「哎，反正我們又不是『船匠』。去打造幻晶騎士還是比較對胃口啦。」

「瞭解。我沒有異議，我們的騎士團長。那麼，我們就和以往一樣，全力投入開發新型的幻晶騎士吧。」

「唉～～可以是可以，不過又要做一大堆測試了吧……」

聽見他們各自用不同的方式表示肯定，騎士團長艾爾卻微歪著頭說：

「不是喔？不只要做幻晶騎士，也要同時建造新的飛空船。」

一股摸不著頭緒的氣氛油然而生。在停止動作的眾人面前，艾爾一個人神采奕奕地在黑板上畫出新的示意圖。

「既然要讓幻晶騎士飛上天，那麼一起行動的飛空船也不能保持現狀。兩者都要從頭開始做起。所以，我們銀鳳騎士團的目標就是完成飛行型幻晶騎士，以及作為其補給船的飛空船！」

從戰場上回來，等著他們的還是戰場。老大勉強把腦中浮現的句子吞回去，將所有想說的話化作一聲長嘆。

◆

至於之後的情況……

鍛造師們在整修完銀鳳騎士團所屬的幻晶騎士，終於能喘口氣的時候，看見老大露出豁達的表情等著他們。他們也很快察覺到發生什麼事。畢竟已經習以為常了。

「你們也知道，陛下非常重視飛空船的部署。不過，我們卻還要讓幻晶騎士飛上天。又是銀色少年（艾爾涅斯帝）的心血來潮。唉，我看你們也隱約做好心理準備了吧。」

鍛造師們沒有動搖。就像老大說的一樣，這是很簡單就能預料到的狀況。他們也認識騎士團長（艾爾涅斯帝）很久了。

「也對啦。我就知道艾爾會選幻晶騎士。」

「有種『他果然要做』的感覺啊。」

「畢竟是那個團長嘛。」

眾人輕笑著調侃幾句。老大環視在場所有人，然後下定決心，用緊繃的語氣說道：

「之前跟龍型飛空船的戰爭中，要是沒有伊迦爾卡，後果不堪設想。應該說——少年不在就慘了比較正確。我們做的法擊戰特化型機也沒有多大用處，最後是靠對空衝角艦發動奇襲才勉強成功。這可有損鍛造師的名聲。」

伊迦爾卡這架機體本身也是他們建造而成的，所以他們非常清楚那是一架多麼離譜的機體。同時，也非常清楚它的缺點。

要發揮伊迦爾卡超常的性能，就絕對少不了名為艾爾涅斯帝這個強大無比的騎操士。其他任何人都辦不到，甚至連正常操縱也沒辦法——也就是所謂的缺陷機。這對鍛造師而言，是既值得驕傲，又覺得有點不是滋味的事情，令人百感交集。

「團長大人說要大家一起飛上天，也只能心存感激地答應了吧。」

將來不是只有艾爾，還有許多騎操士將挑戰飛向蒼穹。他們騎操鍛造師當然也要挑戰新的世界。見老大露出猙獰的笑容，大家接著發出強而有力的吶喊。

老大也加入歡聲雷動的眾人，同時嘴裡唸唸有詞地說出更重要的消息：

「另外，少年還打算開始設計新型的飛空船。」

鍛造師們的動作頓時凝結。

老大說要做新的幻晶騎士，而且『還要』做新的飛空船。簡直是雙重地獄降臨，鍛造師們即將迎接一個熱血沸騰的夏天。他們只能做好會發生任何狀況的心理準備，笑聲也變得益發苦澀了。

「事情就是這樣，巴特少年！建造新型飛空船的指揮就交給你了！」

「……啥!?我、我沒聽說啊，老大!?為什麼是我!?」

冷不防從老大嘴裡蹦出來的一句話，讓『巴特森・泰莫寧』嚇得跳起來。

「廢話，我現在才第一次說。少年是你的童年玩伴，你就稍微陪陪他吧。」

巴特森的確是艾爾的童年玩伴，也有過一起開發幻晶甲冑的實績。話是這麼說，他也有不能退讓的地方。

「那老大這段期間要做什麼？」

「這還用說。當然是讓幻晶騎士飛起來啊。」

見老大挺起胸膛發下豪語的幼稚模樣，巴特森立刻大聲抗議：

「那邊一定比較有趣吧！只有你去太詐了!!」

「囉嗦！這是鍛造師隊隊長的命令。」

「哇，有夠奸詐！」

其他隊員們遠遠圍著吵得不亦樂乎的矮人族雙人組，眼神望向遙遠的彼方。不管由誰來指揮哪一邊，他們還是得踏上製造的最前線（戰場），這點是不會變的。

就這樣，由異世界的奇才艾爾涅斯帝所領軍的銀鳳騎士團再次開始暴衝。

這對將要引進飛空船這項新技術的弗雷梅維拉王國來說，究竟是增強國力的機會，抑或是混亂的開端？國王里奧塔莫思還要再過一陣子才會知道答案。

◆

不知是否該說是幸運，之後銀鳳騎士團並沒有接到新的命令。

可能是國王非常瞭解該如何駕馭他們，也可能是比較重視值得信賴且服從命令的國機研方。總之，銀鳳騎士團在這段期間隨心所欲地橫衝直撞。

「先從基本開始確認吧。」

「嗅，可不能忘記初衷嘛。基本的確很重要……不過，結果卻是這樣？」

他們先從飛行型幻晶騎士的設計著手。雖說是設計，但也不可能一下子就畫出設計圖。由於飛行這項要素太過異常，無法像既有的機體那樣，將之視為普通幻晶騎士的擴充機能。為了賦予其飛行機能，就必須在機體中放入源素浮揚器這種全新的裝置。

不難想像這需要對外觀進行大規模的改造，所以必須先審視『機能』和『形狀』。

艾爾與老大現在正露出一種難以言喻的表情仰望上空。他們的視線前方有個巨大的人形身影。一架幻晶騎士無力地垂落四肢，動也不動地浮在空中。它的背上揹負著某個裝置。

不，因為那個裝置太大了，用『揹負』一詞來描述並不正確。畢竟那個裝置幾乎跟幻晶騎士差不多大，所以變成那種不知道該說是揹負還是黏住的尷尬狀態。

他們首先嘗試最簡單且最單純的方式，也就是將飛空船用的源素浮揚器直接裝到幻晶騎士身上，然後讓它吊掛在半空中。

「呃，姑且算是達到讓它飛起來……或者說是浮起來的目標了。不過這樣子完全派不上用場啊。」

看著那個只能說是幻晶騎士被吊在半空中的巨大物體，老大直率地說出他的感想。是浮起來了沒錯，但也就那樣而已。由於浮在半空中，所以無法正常動作，反而像是被處以某種吊刑一樣。那悲慘的姿態不斷散發出一股難以言喻的氣氛。也難怪老大覺得傻眼。

「如果只要求上升的話，這樣也可以。我們早就知道了。話又說回來，源素浮揚器原本就是藉由形成浮揚力場，讓物體浮在空中的裝置。本身並不具備讓物體移動的推進力，看來必須另外加裝推進器呢。」

「既然知道，幹嘛還要做這個測試？」

「哈哈哈，這個實驗證明了源素浮揚器也有縮小的必要啊！」

「呃……這個也是一開始就想得到的吧……」

艾爾不理會一臉錯愕的老大，高興地寫起筆記。到頭來，這次的測試到底有沒有必要，老大就算感到疑惑，也沒有阻止艾爾。

還以為他又靈光一閃，想到什麼破天荒的點子，結果下一刻又莫名仔細地對某些再簡單不過的道理展開驗證。旁人很難跟得上艾爾的步調。不過，那正是支持他自己假說的方法。

這些暫且不提。看著眼前的光景，老大也加入了重新審視問題點的行列。

「反正也不是要在天上走路。說到推進器，果然還是魔導噴射推進器嗎？」

目前在空中有效的推進器有兩種選擇，就是魔導噴射推進器和起風裝置。其中，起風裝置說起來就是一種產生風的魔導兵裝，另外還需要加上受風用的帆，才能從這個裝置獲得推進力。如果對象是船還好說，對幻晶騎士就不適用了。更何況就機動格鬥兵器的本質來看，起風裝置不足以產生足夠的機動力。

這麼一來，選擇就只剩下魔導噴射推進器了。

「唔，要是沒有什麼新點子，也只能這樣了……」

總之，這一次看似沒有意義的實驗，也幫助他們歸納出了結論。如此便能確立大致的設計方針。老大的說法如下：

「也就是說，要把源素浮揚器縮小到放得進幻晶騎士裡的大小，然後裝上魔導噴射推進器，而且還要有足夠的魔力供給？我懂了，你這混帳，根本是在強人所難!!」

結果，變成連老大也不得不扔掉鎚子、舉手投降的存在。

既有的幻晶騎士根本沒考慮過在空中活動的可能性。因此，飛行所需的裝置幾乎都得另外加裝到機體上。幻晶騎士這樣的人型機實在騰不出這麼多空間。

「我姑且有兩個解決方法……」

「喂喂，準備很周到嘛。說來聽聽是什麼方法？」

艾爾苦惱地沉吟片刻，最後豎起兩根手指，屈指解釋起來：

「第一，在跟伊迦爾卡一樣的機體上裝上源素浮揚器，這樣一來，問題就只剩下源素浮揚器小型化。」

「噢，駁回。混帳東西！嚴格說起來，增加伊迦爾卡還比較困難吧!!」

伊迦爾卡之所以能夠自由控制魔導噴射推進器，全是靠『皇之心臟』與『女皇之冠』這兩具超強的魔力轉換爐支撐。雖然理論上可以增產，可惜它完全不符合量產的條件。既然目標是要推廣飛行型幻晶騎士，他們就不可能採用這個方法。

「我想也是。那麼，就只能參考另一個姑且算是『成功案例』的方法了。」

「成功案例？難道說飛行型已經存在了嗎？」

「不是的。種類很不一樣……我指的是『飛龍戰艦』啊。」

從源素浮揚器獲得浮力，再利用魔導噴射推進器得到推進力；裝載好幾座魔力轉換爐，提供其所需的輸出動力；再加上能夠容納這一切的巨大身軀——確實如此，他們所需要的通通包含進去了。

唯一的缺點，就是那畢竟是飛空船的衍生產物，與幻晶騎士從出發點開始就不一樣了。

「……有時候真的很想用力朝你的腦袋揍下去。」

「別這樣，我的頭會像水果一樣被打飛出去。總之，這兩個方法都不能直接套用。只能換個方向思考了。」

相較於艾爾莫名興奮雀躍的樣子，老大的臉上早已顯露出疲態。

◆

溫暖的朝陽灑落在萊西亞拉學園市中。

清晨天才剛亮，街上四處可見準備前往學校的學生們。打招呼的聲音此起彼落。

亞黛爾楚（亞蒂）・歐塔心情愉悅地走在這樣一如往常的風景中。

周遭學生們的談話無意間傳入耳中，其間夾雜著關於飛空船的話題。不只是在學園市，現在全國上下都在討論那個以驚人的新技術建造的飛空船。學生們尤其在意學園何時才會開設

『飛空船學系』。知道這些傳言真相（同時也曾經擊墜過）的亞蒂聽著聽著，也不由得高興起來，腳步愈發輕快。她走在熟悉的路上，沒多久便來到目的地。

「早安——艾爾，快點去要塞吧。」

來到埃切貝里亞家，亞蒂熟門熟路地穿過玄關，向緹娜打了招呼，然後朝裡頭喊道。她沒等多久，艾爾就拖著裝滿資料的愛用行李箱走出來。

「好，我出門了——」

兩人向送行的緹娜揮手道別，意氣風發地出發了。銀鳳騎士團的據點奧維西要塞位在萊西亞拉學園市的郊外不遠處。老家就在這座城市的他們，必要的時候就會從家裡通勤，而往來的交通手段則是亞蒂的澤多林布爾。

在前往學園市外的停機場的途中，上空突然傳來一陣強勁的風聲。周圍的學生們吃驚地抬起頭，他們兩人也隨著聲音揚起視線。

一片晴朗無雲的藍天中，一艘兩舷上帆布大大鼓起的船悠然飛過。那是前幾天國立機操開發研究工房所開發建造的，實用化運輸飛空船。

這種船登場的時日尚短，建造的數量還不多，因此目前只用於東部國境地帶的物資運輸。不過，所有人都在期待著，相信不久的將來會開始載送人類——也就是旅客。在這個因為魔獸的影響而無法自由移動的國家裡，航空旅行所帶來的價值無可估量。飛空船具體展現了這個國家最新的夢想。

「呵呵，我們也不能輸給人家。好了，亞蒂，我們也趕快去要塞吧。」

「好——」

自克沙佩加王國的戰役結束後，銀鳳騎士團回到國內也已經過了兩個月。期間，弗雷梅維拉王國正不斷地發生變化——

◆

另一方面，說到銀鳳騎士團在做些什麼——

在確立飛行型幻晶騎士的設計之前，他們先著手研究建造時必要的基礎技術。飛行所需的各項機能，其要求的技術水準都非常高。

「沒想到這麼順利就完成了源素浮揚器的小型化。這樣就可以用在幻晶騎士上了。」

「畢竟，要浮起來的東西沒有那麼大啊……」

原本裝載在飛空船上的源素浮揚器就跟幻晶騎士差不多大，與之相比，這種最新型就縮小很多。之所以能成功，就是因為源素浮揚器的運作原理非常單純的緣故。

說得簡單一點，這種機械只要內部保有一定量的高純度乙太，就能夠形成浮揚力場。飛空船用的源素浮揚器為了支撐巨大的船體，不得不增大容量。然而，若只是用在幻晶騎士上，所需的乙太量也少了許多，裝置本身的體積就一定能縮小。

「接下來，我們也將裝在伊迦爾卡上的魔導噴射推進器進行改造。在某些部分嵌入這個，進一步減輕重量。」

「哇，已經完全看不懂術式上畫的是什麼了。塞得真滿……」

將伊迦爾卡也採用的魔力儲存式裝甲與刻有紋章術式的銀板組合起來，成為一體成形的魔導噴射推進器。接著再重新檢視魔法術式，將構造配置更加精簡化，削減多餘的零件。儘管犧牲了一些輸出動力，但是成功實現了小型化；降低輸出動力後其實也提高了魔力消耗的效率，更加適用於空中機動。由於飛行型必須在機體內部裝載大量的機能，所以能精簡的都得盡量精簡才行。

「剩下就是魔力供給了……這也是最困難的部分。空中移動需要推力，又必須保留格鬥戰的消耗份量。根據計算，只能靠多具轉換爐才能滿足這些消耗。機體的基本構造可以參考伊迦爾卡，目前是傾向採用裝上兩具魔力轉換爐。」

「唔……沒辦法了。要增加伊迦爾卡是不可能的，不過至少還有構造可以參考，已經該感恩了呀……」

就這樣，帶機體浮上空中的源素浮揚器，產生推力的魔導噴射推進器，以及供給魔力的魔力轉換爐，全都湊齊了。

「我畫了把這些組成起來的原型設計圖。」

「噢，先讓我瞧瞧吧。」

艾爾從手提箱拿出圖紙，當場張貼起來。

他選擇了弗雷梅維拉王國的制式量產機『卡迪托雷』作為測試對象。這種機體擁有很高的基本能力，而且容易操縱，非常適合拿來作這場實驗的基底。

「喂，這個……」

畫在設計圖上的機體沿用伊迦爾卡的構造，分別在腹部與背部裝上兩具爐，然後背部再加上小型的源素浮揚器。即使經過小型化改造，但是幻晶騎士的內部本來就沒什麼多餘空間，很難做到完全內藏化。此外，還必須儲存供給乙太的源素晶石。最重要的是，該裝置必須有嚴密的保護，以免源素浮揚器內部的乙太洩出而喪失機能。也因此將重要的機組盡量集中在同一區塊，並在周圍覆上裝甲保護。

不僅如此，和魔導噴射推進器一體化的裝甲也圍繞著這些機組配置。這是為了確保格鬥的自由性，以及能夠進行全方位的機動動作。這一部分的連結則沿用了輔助腕的可動式構造。

就這樣，匯集各項最尖端技術而成的設計圖——

「這胖傢伙是怎麼回事？」

「超級不可愛……」

重要零件集中在軀幹與背部，以及完全包覆這些結構的裝甲。又因為追加了魔導噴射推進器一體化裝甲，使這架新型機的腰身猶如球體般腫脹。整體看來就是在一個圓圓的軀體上長出四肢。說難聽點，就是非常非常醜。

「……喂，銀色少年？如果你叫我做這個的話，我就退出騎士團喔。」

「也不用討厭成這樣吧……」

或許連畫出設計圖的艾爾本人也多少有點自覺。他的樣子比平時還要沒自信。老大（達維）像生鏽的門軸一般僵硬地轉頭面對艾爾，臉上浮現分不清是生氣還是困惑的表情。

「聽過你的說明，這傢伙確實把需要的機能全塞進去了，可是誰要做這胖嘟嘟、醜得要命的玩意兒啊!!」

老大的叫喊如實代表了所有騎操鍛造師的意見。只見他們紛紛舉手贊同，發出來自靈魂的咆哮。

先不論他們的審美觀，問題並不只是它外表的美醜，而是因為像這樣將機械集中在軀幹部位的配置，將會導致行動困難，並且損及幻晶騎士行動靈活的最大優勢。結果，就呈現出這種即使能飛上天，也不曉得能不能戰鬥的設計圖。

儘管艾爾早有心理準備，但是面對比預料中更大的反彈，他也只能無奈地盤起雙臂，陷入思考。

「唔唔，這下傷腦筋了。就像你說的，外觀可能有一點醜。」

「才不是『有一點』的程度吧。」

「不過，在飛上天空之前，我們還得克服很多挑戰。不管是做得到什麼、做不到什麼，或者怎麼做才能改善問題，這些我們都不知道，我們還太過無知了。」

嘈雜的現場像退潮似地慢慢安靜下來。作為反對派團結在一起的鍛造師們，也因為艾爾的話縮回高舉的拳頭。

「創新需要思考，知識需要實踐。這終究只是模型機。包括外形的問題在內，關於如何去改善，還有很多實際操縱過後才能確認的地方。為了知道這些，能不能請你們先把這個做出來呢？」

銀鳳騎士團是為了與艾爾一同創造最新技術而建立的組織。嚴格來說，艾爾並不需要徵求老大他們的同意，只要下命令就好了。不過，艾爾應該不會這麼做。一起打造出那麼多幻晶騎士（機器人）的團員們，在艾爾心目中已經算是同志了。一同追求、一同創造、一同體會其中的酸甜苦辣。先不管其他人怎麼想，至少艾爾認為這正是騎士團的存在意義。也因此，艾爾總是直率地表達意見，並且努力徵求大家的理解。

「……總覺得你那惡魔的耳語有點卑鄙。你都那樣講了，我們身為鍛造師也只能做了吧？」

看樣子，老大還是敗給了身為技術人員的好奇心。他舉起雙手表示投降，然後深深嘆口氣。

「只是讓飛空船飛起來而已，還有一大堆我們不知道的事啊。哼，你說的沒錯。雖然這傢伙是有點……非常……醜到看不下去的地步，但也算是一個挑戰。」

「哎，先不管外觀，也都是要讓幻晶騎士飛起來嘛。」

「這就是考驗技術的時候了。」

其他鍛造師們也漸漸被老大影響，儘管眾人依然表現出有點放棄、有點受不了、又有點期待的複雜態度，最後還是紛紛出聲贊同。這夥人一旦決定要做，行動起來就非常迅速。於是，銀鳳騎士團團結一致，踏上了建造飛行型幻晶騎士的荊棘之路。

「我先說清楚，好好實驗完這一架以後，第二架一定要改變外觀啊！」

看來只有這點，老大還是不能退讓。

◆

之後，他們花了約半個月的時間完成模型機。儘管加入了特殊機能，但是構造本身也沒那麼特別。多虧過去累積起來的技術與幻晶甲冑的活躍，製作新機種所花的時間可以說相當短。

雖然鍛造師們在建造過程中也多有怨言，可是一旦決定要做，就不會偷工減料。憑藉他們精湛的技術，完成了這架機體——飛行型幻晶騎士一號模型機，取名為「席爾斐亞涅」。

——其外觀就如同設計圖一樣，看起來圓滾滾的。

一個非常沮喪的人影站在打開胸部裝甲、露出駕駛座的席爾斐亞涅面前。

「嗚嗚，名字那麼可愛，結果還是那樣……艾爾——我真的一定要駕駛它嗎？」

亞蒂垂下肩膀，有氣無力地指著眼前的機體。那模樣與她平時開朗活潑的樣子完全不同，如實表達出她的心情。繼鍛造師們之後，在這次席爾斐亞涅的運轉測試中，被選為測試騎操士的她，也露出滿臉不情願的神情。原因應該不用明說了。

因為身軀太過龐大，席爾斐亞涅不能採用單膝跪地的停機姿勢，只能伸出雙腳直接坐在地上。這讓它看起來更不雅觀，進一步降低亞蒂的幹勁。

「對。這件事只能拜託妳了。在空中飛行需要操作魔導噴射推進器，所以最好是由擁有一定空中機動經驗的人來駕駛。也就是說，會使用『大氣壓縮推進』的妳最適合。」

「那奇德來開也可以吧？」

「他還有別的事情要做……亞蒂，為了開闢通往天空的道路，我們需要妳的力量。可以幫忙實現我的願望嗎？」

艾爾逼上前熱切拜託的模樣雖然令她有點卻步，但是亞蒂依然沒有答應，看來她真的非常討厭這架機體。艾爾繼續嘗試說服她，過了一會兒，見亞蒂還是不肯點頭，於是放棄正面突破，採取非常手段。

亞蒂把頭轉向一旁，免得自己不小心答應，艾爾附在她的耳邊說：

「……順利的話，我會準備獎賞。」

「交給我吧，艾爾！我馬上就讓它飛起來!!」

亞蒂的態度忽然一百八十度大轉變。她幹勁十足地飛奔而出，很快就坐上席爾斐亞涅，而艾爾只能無奈地看著她的背影。

裝甲關閉，發出結晶肌肉的摩擦聲，異形的巨人開始活動。在迴盪著魔力轉換爐微弱聲響的駕駛座內一片黑暗，隨後，正前方的幻象投影機發出光亮。

「嗯，坐進來以後就沒那麼令人在意了。」

亞蒂迅速調整爐的輸出動力，並進行各項準備。這些基本操作與一般的幻晶騎士沒什麼不同。就在準備讓機體站起來的時候，她突然想起一件事。

「……啊，對了。大家，要開始供給乙太了。源素浮揚器啟動！」

亞蒂打開擴音器，向外面的人報告之後，就開始向源素浮揚器供給乙太。顯示乙太流量的刻度慢慢移動著，在超過某個程度後，席爾斐亞涅龐大的軀體終於動起來。這架機體由於難以保持重心平衡，因此也沒辦法靠自己的力量站起來，必須靠源素浮揚器產生的浮揚力場才能勉強行動。

「浮揚力場增強！對乙太高度繼續上升……」

當力場超過自身的重量，席爾斐亞涅終於慢慢浮起來。雖然周圍的人都對那笨手笨腳的動作感到無言，等看到它真的浮起來時，那樣的表情又轉為感嘆。

「浮、浮起來了……感覺怪怪的。」

一架圓滾滾的幻晶騎士飄浮在空中，四肢無力地垂落。看到這一幕難以形容的奇異光景，一時興奮起來的鍛造師們又感受到原本那種微妙的心境。艾爾則無視周遭的反應，一個人快活地寫著筆記。

「嗯嗯，在空中的浮游狀態果然沒有問題。四肢感覺有點多餘呢，不知道還有沒有其他使用方法。今天的風不大，而且有一定程度的重量，沒那麼容易被吹走……好，那麼，亞蒂，請妳開始推進測試！」

「瞭解。魔導噴射推進器，要開始了喔……」

亞蒂帶著緊張的表情，操作臨時設置在操縱桿旁邊的儀器。收到魔力的供給與術式的指示，機體周圍的魔導噴射推進器開始產生推力。

「慎重……要慎重。維持低輸出動力，才不會一下子飛走……」

為了不要演變成艾爾上次的暴衝意外，她稍微壓抑推進器的推力。接著，席爾斐亞涅發出有點好笑的氣流聲，開始在空中滑行。垂掛在身側的四肢隨著身軀移動的那副模樣，看起來有點恐怖。

「哦哦……前進了。實際動起來的樣子還真不能小看。不對，也不見得。唔唔……」

老大撫著鬍鬚，煩惱著自己到底該不該感到佩服。不管看起來有多蠢，最低限度的動作測試算是成功了。這對於飛行型的完成有很大的貢獻。

——至少目前為止是這樣。

緩慢移動一段時間後，席爾斐亞涅就快要遠離要塞了。正當亞蒂準備返航的時候——

「呃……這樣沒辦法回去，得要迴轉才行……是、是這樣嗎？咦、奇怪？」

如果只是前進的話，還沒什麼大問題，可是在準備改變方向時，悲劇就發生了。推進器改變方向，產生迴旋方向的推力——結果席爾斐亞涅就這樣順著推力，像陀螺一樣在空中旋轉起來。

「等、停下……呀啊啊啊啊嗚嗚嗚。」

這場悲劇的起因，是出自於——她用和在地面上行動時相同的感覺進行操作。空中和地上不同，幾乎無法形成阻力。最重要的是雙腳沒有與地面接觸。雖然不需要支撐，但在緊要關頭也沒辦法煞車。因此亞蒂才會在掉頭迴轉的時候搞錯力道。

「喂、喂。少年，那是怎麼搞的!?」

「原來是這樣。使用推進器改變方向的時候會發生問題……」

又因為席爾斐亞涅在慌亂中想恢復原本的姿勢，使得它完全失去推力的平衡。無法停止旋轉的機體朝著預料之外的方向四處亂飛，彷彿在空中跳著奇妙的舞蹈一般。

「艾爾，艾爾——！救命，快幫我停下來——!!」

「少年，快點幫她想想辦法吧！」

在艾爾開始思考如何改善之前，聽到老大的怒吼聲，這才趕緊跑向伊迦爾卡。

最後，伊迦爾卡捨身用衝撞的方式營救，席爾斐亞涅才停了下來。

◆

「真是的，以後就算你再怎麼拜託我！在正式的機體完成前!!我絕對、絕——對不會再去開了!!!」

被救出來以後，這下就算是亞蒂也氣炸了。她整個人鬧起彆扭。就算艾爾之後多少提出了一些改善方案，她也不肯再度駕駛。

「唔唔，如果連亞蒂也沒辦法駕馭，也只能重新檢討了。」

即使還在鬧彆扭，把臉扭向一邊，亞蒂仍穩穩地把艾爾抱在懷裡；艾爾也為了討亞蒂的歡心，乖乖讓她抱著，並且在她的懷裡陷入沉思。亞蒂既是他一手教導出來的學生，在銀鳳騎士團中也尤其擅長應付特殊的情況。如果連她都是那種狀態的話，一般的騎操士要駕駛就更加困難了。不如說根本辦不到。

利用源素浮揚器的『浮游飛行』是一種極為特殊的機動操作。他們需要找出一個與過去截然不同的新方法，才能維持在空中的穩定動作。

在空中陀螺事件之後，使用席爾斐亞涅的測試全數中止了。

若是沒有加以改善，機體本來就危險到無法乘坐。也難怪沒有人願意協助駕駛。想要繼續進行飛行型的開發，就必須從頭設計才行。為了不讓亞蒂尊貴的犧牲白費，艾爾又開始盯著設計圖，積極地投入作業。

「在移動上一下子給予過多的自由，反而會提高操作難度。應該反過來限制可進行的動作，然後想出一個能夠增加穩定性的運作機制。」

席爾斐亞涅在機體周圍裝備的推進器，使它能夠朝任何方向前進，但是反過來說，這也代表『可能會朝任何方向失控』。不僅大幅提升操縱難度，也連帶造成在操縱失誤時很難加以修正的問題。

「需要一種不會隨意改變方向的穩定性，又能在移動時保有敏捷性的構造……」

這樣的命題聽起來非常矛盾，但也不是全然沒有希望。提示就在於過去世界（地球）的知識中。在地球上，空中飛行的機械『飛機』如何在空中同時獲得穩定性與機動性？除了靠推進器的力量之外，還要利用周圍的氣流。其中有一種可以調整浮力和阻力的裝置。

「對，需要『機翼』。」

試著將機翼裝在幻晶騎士上會怎樣？

想要將機翼使用在幻晶騎士這種格鬥兵器上，還是得配合自由活動的機動性吧。至於加裝機翼的部位……

「還是直接加在手臂上？」

艾爾的腦中浮現一幅想像圖：雙臂化作機翼的席爾斐亞涅，從臃腫的軀體中伸出一對翅膀，再加上無力垂落的雙腳。

「……好胖的※哈耳庇厄……」（譯註：希臘神話中一種女面鳥身怪物。）

根本欠缺美感到令人絕望的地步，而且完全沒辦法想像這副德性會兼具足夠的戰鬥能力與機動性。到底要叫它怎麼打格鬥戰？總不能讓騎操士用腳戰鬥吧？

「……吶，艾爾？那是在玩什麼遊戲嗎？」

不知不覺間擺出老鷹展翅的姿勢、陷入沉思的艾爾，因為聽見亞蒂驚訝的疑問而回到現實。

「我想要重新設計席爾斐亞涅，但是怎麼改都不對勁，正在傷腦筋。」

「嗯？我看看……」

亞蒂理所當然地抱住艾爾，順便看一看設計圖。在看到肥胖的哈耳庇厄後，便說了一句：

「這是什麼？超級不可愛。」

艾爾是很想在外形上下一番工夫，但那也得等到所需機能完全發揮之後再說。同時，他身為騎操士，在設計的時候還是會以實用性為優先，這應該也可以說是弗雷梅維拉王國的風氣所致。話是這麼說，凡事也都有個限度。先不管亞蒂這個可不可愛的主觀評論，如果連實用性的要求都無法滿足，這樣的造型就沒有意義了。

「看來得先回到完全的白紙狀態，重新開始構思呢……」

於是，艾爾推開桌上所有的圖紙，然後擺上全新的白紙開始思考。源素浮揚器、源素晶石、魔力轉換爐、魔導噴射推進器，以及機翼。他就像拼拼圖一樣，嘗試將這些機器做各種組合，或者改變金屬骨架的形狀。

「維持幻晶騎士所需的格鬥性能，並且確保在空中足夠的機動和穩定性……比我想的還要困難。」

經過一連串的錯誤嘗試後，仍然找不出適合的方式。還少了連貫這一切的設計理念。這樣下去，只會變成將各行其道的機能硬是湊在一起、無法統合的機體。這種就差一步的感覺令人焦躁。

艾爾察覺到自己開始鑽牛角尖。為了轉換心情，於是向在一旁不知所措地努力思考的亞蒂問：

「如果是妳的話，會怎麼做？」

「嗯……我可不想要再轉來轉去了。最好是像小澤那樣聽話又可愛的孩子!!」

見艾爾再度陷入沉思，亞蒂撿起一張設計圖攤開來。

「吶，艾爾。雖然上次失敗了，那飛空船為什麼可以好好前進呢？」

「這個嘛，飛空船和幻晶騎士從根本上就不一樣。飛空船巨大的船體帶來穩定性，再加上船帆的阻力……！」

艾爾話說到一半忽然中斷了。亞蒂驚訝地歪著腦袋。

「艾爾？」

瞪大雙眼的艾爾慢慢轉過頭，以茫然的視線看向亞蒂，卻沒把焦點放在她身上。他異常的模樣讓亞蒂嚇一跳，忍不住後退一步。

「……這樣啊。我太拘泥於幻晶騎士的框架了。不對，答案完全相反，既然已經有成功的例子，只要參考它就好了。戰鬥方式是澤多林布爾……騎兵。機翼、構造。原來還有這個方法……這樣行得通!!」

靈感猶如劈開黑暗的雷鳴，化作壓倒性的急流湧上來。各式各樣的要素在他腦中收束成一條線，顯現出一口氣通往目標的道路。

艾爾突然站起來，整個人撲向驚訝得僵在原地的亞蒂並抱緊她。

「謝謝妳，亞蒂！多虧有妳，我好像想到解決辦法了。妳就好好期待吧！」

艾爾在她臉頰上輕吻了一下，然後踏著輕快的腳步回到桌前，馬上以驚人的氣勢動起筆來。身後只留下亞蒂滿臉通紅地愣在原地。

片刻過後，亞蒂才重新開機，然後慢慢抱住艾爾。

「艾爾，剛剛的再來一次。」

「現在很忙，以後再說。」

「……小氣。」

◆

隔天，在奧維西要塞集合的銀鳳騎士團，看到有架澤多林布爾一大早就猛衝而來。它無視那些不明白發生什麼事而緊張不已的鍛造師們，一個緊急剎車後逕自闖進要塞裡頭。在驚訝得僵在原地的眾人面前，艾爾從駕駛座裡跳出來。

「老大在哪裡？還有，請各位盡快到會議室集合。」

他留下這句話，也不等人回答就跑出去了。這時候才回過神來的鍛造師們很快理解到，艾爾看起來那麼迫不及待的樣子，一定又是準備要大顯身手的緣故。

騎操鍛造師以及騎操士等銀鳳騎士團的成員們才剛走進會議室，就看到艾爾已經把大量的設計圖貼好，等著他們了。所有人都有點被情緒亢奮的騎士團長嚇到。

「那麼，事不宜遲，我們就開始吧。飛行型幻晶騎士的設計圖已經重新畫好了。我換一個不同的著眼點思考，決定採用讓幻晶騎士飛上天空，卻不以幻晶騎士為基礎的方案。」

眾人還來不及思考他這番猜謎般的話中含意，老大望著那些貼起來的圖紙，忍不住屏住呼吸。

「完全變成別的東西了啊。」

「是的。飛上天空的成功案例有兩個：伊迦爾卡和飛空船。席爾斐亞涅以伊迦爾卡為基礎，可是失敗了。因此，這次我試著參考飛空船！」

在艾爾描繪出來的草圖上，有一架與過去截然不同的幻晶騎士。

那的確可以說是『飛空船的小型版本』。要說為什麼，這是因為它結合了被稱為騎士像的上半身，以及相當於下半身的『船體』。不過，通常飛空船的船體會有幻晶騎士好幾倍的大小，相較之下，這架機體卻被縮小到幾乎和幻晶騎士差不多。

人型的上半身與呈現俐落流線形的下半身。此外，從下半身的可動部位還能看出它不只是模仿飛空船，更運用了飛龍戰艦（維維爾）的技術。也就是說，這架幻晶騎士的外觀會像——

「以超小型版本的飛行船為基礎的幻晶騎士。若要打個比方，就像是『半人半魚』那樣吧。在空中泅泳的魚，不覺得很有趣嗎？」

——類似被稱作『人魚』的生物。

過去，飛空船的創造者『奧拉西歐・高加索』曾將幻晶騎士的技術應用到飛空船上，因此完成了飛龍戰艦；如今，艾爾則循著完全相反的模式得到飛行型幻晶騎士的結論。可以說，他們的設計理念明確地表達出雙方所處的不同立場。

還有，半人魚的形狀不只是模仿飛空船而已。銀鳳騎士團原本就擁有外形與之類似的幻晶騎士的相關知識與技術。沒錯，指的就是人馬騎士（澤多林布爾）。『只不過』是下半身變成魚，這種程度還沒什麼好大驚小怪的。

在大家逐漸跟上艾爾的說明時，他又興高采烈地接道：

「我也參考了飛空船，不過大部分的構造還是沿用澤多林布爾的設計。至於船體……下半身則是做成可以擺動的樣子。裡面裝上很多結晶肌肉，這樣一來，應該能夠儲存一定的魔力量吧。」

半人魚的機體和澤多林布爾一樣，重要的機能主要都是放在下半身。塞了不少機能進去的下半身雖然變得巨大化，但是因為沒有雙腳，看起來並沒有那麼突兀。沒錯，這架以使用源素浮揚器為前提的機體不需要雙腳，是不折不扣的空戰專用機。

「這模樣看起來可真眼熟啊。這傢伙要怎麼操縱？該不會又要像上次那樣轉來轉去的吧？」

「操縱系統也幾乎和澤多林布爾一樣。我已經知道以前那樣連機動動作都依賴推進器的方式反而很難控制，所以改成運用機體全身改變前進方向的方法。至於機動方面，就用這對鰭翼來輔助。」

席爾斐亞涅在空中駕駛的高自由度，反而造成難以控制的結果。因此，這次改成以前進方向為基本的系統；往左右兩側的移動則與全身連動，藉由叫作鰭翼的小翅膀來控制。鰭翼不僅能在前進時穩定機體，更可以在機動時發揮旋翼的功能。

這些特色加起來，使得整架機體看上去就像在空中游泳的魚，而且近似於騎操士們所熟知的騎兵。不只是結構形狀，就連操作方式也令人聯想到澤多林布爾。

「嗯──也就是說，這孩子是小澤的妹妹囉？」

聽到亞蒂拍一拍手這麼說，老大忍不住笑出來。

「看成是弟弟也可以。畢竟是採用澤多林布爾系列的基礎技術，哎，說是表妹應該差不多吧。」

「那得和小澤一樣，幫它打扮得更可愛才行！」

「唔，再多加一點尖尖的造型試試看？」

「那樣不算可愛吧？」

幻晶騎士加上飛空船，飛行型幻晶騎士可說是將這個時代的最先進技術全融合在一起的結晶。面對如此曠世鉅作，發明者們卻在認真煩惱著裝飾造型這些無關緊要的問題。他們的對話若是被外部的人聽見，想必會有好幾個人昏倒吧。

這時候，總算笑完了的老大重新加入對話。

「哎，比上次那個更有男子氣概了嘛。哈哈，開始有點幹勁了。然後咧？這大概會變成另一種風格不同的機體，得重新區分吧。」

艾爾偏著頭思索片刻，然後低聲說：

「飛行型幻晶騎士……名字就決定是『空戰特化型機』了。」

說句題外話，照這份設計圖做出來的二號模型機，其正式名稱定為『席爾斐亞涅二世』。

然而，騎士團的人們都把一世當成不曾存在過的東西，完全將二號機視為正式的席爾斐亞涅代表作。

第四十九話　天空的居民

一艘船在捲動的氣流中鼓起船帆，『飛翔』而過。

那是弗雷梅維拉國王直屬，近衛騎士團特設的飛空船團所屬的運輸飛空船。這艘船的船艙裡滿載著貨物，準備將補給送到東部國境線。這是飛空船在弗雷梅維拉王國開始航行後的新任務，又被稱為『近衛航班』。

「……風比平時要強，把帆收起來。這傢伙載了不少東西，要小心別讓速度太快。」

船體前方頂部設置的『艦橋』上，船長向四周下達指示。利用船帆乘風前進的飛空船，除了依靠自己的『起風裝置』推進之外，也能利用自然的風力前進。雖然能夠提升速度，但也不是快就好。

移動時間是縮短了沒錯，但是也不好改變路線，使操縱變得困難。還會增加船體的負擔，縮短船隻的使用壽命。

飛空船是在大西域戰爭中出現的，歷史上第一種航空機械。自從它誕生以來，也不過才短短數年。沒有任何人知道如何操縱飛在天上的船，也因此留下許多缺陷。在如此不利的條件之下，這艘船的船長也只能從數次飛行經驗中一點一滴地累積知識。此外，目前的建造技術尚未純熟，飛空船仍屬於數量稀少的貴重工具。這艘船也是因此才歸國王直屬的近衛騎士團所有，不過另外還有其他理由。

「希望就這樣一帆風順地航行下去……」

船長的憂慮也不是沒有道理的。過去幾次空中航行，也就是近衛航班，幾乎沒有一次是平安完成的。當然，這次的工作也不例外。

在船外部的周圍負責監視的哨兵們，很快在空中發現異狀。他們一把掀開傳聲管的蓋子，大聲示警：

「……在航線上發現像是魔獸的身影！帶著翅膀飛行。推測是決鬥級，數量有……十隻以上！」

盤據在藍天一隅的黑影蠢動著。牠們在飛翔的同時，還發出令人毛骨悚然的叫聲。那是一種被稱為『劍舞鳥』的決鬥級魔獸。

站在飛空船上觀看，會以為彼此之間還有一段距離，其實這是在缺少對比物的天空中所產生的陷阱。由於兩者都擁有與自身尺寸相符的速度，這樣的距離轉眼間就會縮短。

「減速，快點回頭!!改變前進方向，繞過這個地方！」

船首像操縱起風裝置，改變風的方向。飛空船一側的風帆膨脹，帶著船首開始偏斜，但由於自身重量的緣故，動作顯得非常笨重。這樣根本逃不過劍舞鳥們敏銳的視覺。船長迅速的判斷也是徒勞，有一部分的魔獸們轉過頭，朝侵入地盤的異物露出獠牙。

「逃不掉啊。那麼，做好法擊戰特化型機的攻擊準備，我們應戰吧！不要追逐逃走的魔獸，趕跑牠們就好!!」

船體頂部甲板有一部分的裝甲陸續動起來，但那不是船的裝甲，而是由魔力儲存式裝甲所構成、能夠儲存大量魔力的追加裝甲──『華爾披風』。裝備了許多魔導兵裝的特殊幻晶騎士從中現身。其名為法擊戰特化型機體。

這艘船以貨物運輸為主，船上只配備區區三架法擊戰特化型機。它們收到命令後，立刻啟動背面武裝，將前端瞄準迫近的魔獸群。

只有近衛騎士團擁有飛空船的最大原因，就是這些最先進的幻晶騎士──法擊戰特化型機。光是有普通的航船知識，還不足以操縱飛空船，更需要敢在天空這個充滿未知的場所戰鬥的膽量和手腕。實力在國內首屈一指的近衛騎士團會獲選進入飛空船團隊，也是理所當然的事。

飛空船一邊做好迎擊的準備，一邊拚命試著離開此處。這時，已經可以聽見飛舞於空中的翼龍型魔獸的叫聲迎風傳來。雙方已經進入避無可避的交戰距離內。

「……開始法擊!!」

飛空船朝著飛來的魔獸群放射出耀眼的法彈。這是法擊戰特化型機的拿手好戲，以戰術級魔法形成的彈幕攻擊。基本上，魔導兵裝這種武器是針對居住在陸地上皮粗肉厚的魔獸。換作是在空中輕盈飛舞的翼龍型魔獸，只需一擊就能打倒了。沒錯，前提是要能擊中。

用法擊想要打中行動靈活敏捷的空行魔獸，是一件極為困難的任務。他們展開的彈幕打落了幾隻，可是大部分的劍舞鳥仍毫不畏懼地拉近距離。

劍舞鳥先是展開那雙特別巨大的翅膀急速上升，接著繞到飛空船的上空後，便收起翅膀向下俯衝。牠們利用重力和強而有力的振翅緊急加速，筆直衝向飛空船。這樣的衝鋒攻擊乍看之下很魯莽，但在堅韌的強化魔法保護下，化為必殺的攻擊。

將自身化為鋒利槍尖的魔獸們，陸續貫穿了飛空船的甲板。

「嗚，好樣的！繼續法擊，無論如何都要甩掉牠們！」

貨物從被破壞的船體裡飛散掉落，可是船員們甚至無暇顧及損失。笨重的飛空船沒那麼簡單就能擺脫靈活敏捷的翼龍型魔獸。船長接二連三地發出指示，法擊戰特化型機也不斷放出法擊，直到耗盡所有的魔力為止。

由於他們竭力對抗，總算是擺脫了劍舞鳥群的威脅，但這時候船體已經受到無法忽視的損傷。之所以能在墜落前千鈞一髮地逃脫，都是多虧他們的訓練有素，再加上少許運氣的緣故。

「……這條『航線』不行。魔獸的地盤太多了。」

「又得修改航空圖了啊……」

船長在攤開來的地圖前抱頭苦嘆。地圖上已經有很多地方畫上『×』記號。

在弗雷梅維拉王國內飛行，很快就發現新的問題。那就是頻繁地碰上飛行魔獸。

儘管這個國家受到幻晶騎士這樣的巨人騎士保護，但這種陸戰武器的活動範圍有限。城鎮、村落和那些互相連接的道路，這些過去受到保護的場所，都是以人類活動的地方為主。理由很簡單，因為這樣做比較有效率。

除此之外的地點，就算有魔獸出現，人們也一直都是採取置之不理的模式。可是，飛空船所開拓的移動範圍卻很容易闖進魔獸群居的危險地區。

為了盡可能確保航行的安全，他們就得劃定避開魔獸地盤的航線。新時代的道路與新的障礙交錯縱橫。在這個國家，至今仍然存在著很多拒絕人類之處。

◆

在銀鳳騎士團的據點，奧維西要塞捎來了一封公文。上面的弗雷梅維拉王族的紋章封蠟明確表示出自何人之手。

「陛下下達了什麼命令嗎？」

「沒有，但也不能說是什麼好消息。」

艾爾打開信封，開始確認內容，亞蒂則在一旁探頭探腦地猶豫著是否可以偷看。既然是國王親自下達的信件，裡面說不定有些內容是她不該知道的。

「用建造好的飛空船航向東部的近衛航班，因為和魔獸交戰，受到很嚴重的損害。幸好船上有防衛用的法擊戰特化型機出面迎戰，才勉強逃過一劫。」

艾爾苦笑著揮一揮信紙，亞蒂則是擺出她最為嚴肅的表情，盤起雙臂說：

「會飛的魔獸很不好對付呢，而且也不常和牠們戰鬥……」

「是啊。在天上很難逃脫，光靠魔導兵裝打倒牠們也很麻煩。這樣下去，恐怕很難繼續維持航線的穩定。」

基本上，會飛的魔獸都會被分在比陸上的魔獸更高一層的等級。這是因為牠們雖然大多防禦力不高，卻非常難打中的緣故。若非必要，通常會盡量避免與之為敵。

「意思是希望我們想想辦法？」

「說不定，但信上沒說。好了，難道已經走漏風聲了嗎？不管怎樣，我們得加緊腳步完成空戰特化型機。」

艾爾露出嚴肅的表情，毅然決然地說道。

艾爾確立了空戰特化型機的基礎設計後，銀鳳騎士團的鍛造師隊便幹勁十足地投入機體的建造。

艾爾天馬行空且激進尖銳的設計能夠實際完成，說起來都要歸功於他們。畢竟，在幻晶騎士領域的技術人員之中，也找不到像他們一樣熬過這麼多恐怖考驗的人才。不過也因為這樣，這些被迫鍛鍊出極高能力的可憐人，才會陷入「必須在下一次考驗運用這些技術」的循環之中。引進了幻晶甲冑後，經常處理巨大零件的他們更大幅提高了生產能力。

「那麼，就一項一項進行動作測試吧。」

艾爾向垂吊在工房天花板的巨大人型露出滿臉笑容。

漸漸成形的席爾斐亞涅（二世）確實完成的部分大約只有一半。與完成的上半身比起來，下半身的金屬骨架還露在外頭，似乎正在組裝內部構造。

這是因為上半身多由幻晶騎士的基本技術所構成。相較之下，重要的革新技術則大多集中在下半身。

史無前例的外形，魔力轉換爐和源素浮揚器等重要零件就不用說了，還包括作為燃料的源素晶石儲存庫等心臟部位，然後是結合了可動式裝甲、魔力儲存式裝甲，加上魔導噴射推進器等裝置的最新式鎧甲。若是再算上那些為了機動性和穩定性而追加的最新型機組，就湊出這麼一幅奇妙至極的拼圖。

艾爾在繪製設計圖時，就像在走鋼索一般謹慎地組合各個部位。鍛造師們則循著圖上的指示，將在建造過程中發現的瑣碎問題與進行的微調再度反映到設計上。大膽投入新技術，並小心翼翼地反覆嘗試。想要創造出未知的事物，就不能在進行的同時少了這樣的平衡。

「哦哦……變得有點可愛了呢。」

亞蒂看起來非常高興的樣子，態度和面對已經葬送在歷史中的一世的時候截然不同。

為了減輕重量而省去所有多餘的零件，二世的身軀在巨大的下半身襯托下顯得較為纖細，外裝也多為流線型設計，用以減少阻力，這也造就一種獨特的美感。雖然不曉得亞蒂是以什麼標準來評斷，但這次似乎很對她的胃口。

雖說上半身採用了部分原有的技術，但是其中也有一些變化。他們將現有機體的內部配置做了很大的改變。席爾斐亞涅的駕駛座被移到背上，這是為了補上『某個重要機能』。

「嘿咻。嗯——駕駛艙還滿大的，不過要是穿著甲冑，還是覺得有點小呢。」

作為測試騎操士的亞蒂爬到固定住的上半身上。她到底想用這架只完成了一半的機體做什麼？

奇怪的是，她也穿著自己剛才說的特殊幻晶甲冑。那既非戰鬥用（摩托比特）也不是工程用（摩托力特），而是新型的幻晶甲冑。

它的尺寸較小，總高度約兩公尺出頭，而且不是覆蓋全身的款式，某些部分經過減量。有一雙不太均衡、平板且較長的手臂。看得出來不適合用於格鬥。

席爾斐亞涅的駕駛座，是以穿著這身怪異的幻晶甲冑乘坐為前提所設計。幻晶騎士的駕駛座原本就不算寬敞，即使幻晶甲冑設計得再輕巧，直接穿著坐進去也還是太窄了。

「可能會有點不習慣，請把甲冑的雙手和旁邊連結……對，這樣就能和機能直接連結，把甲冑的手臂當成幻晶騎士的操縱桿，然後把腳當成踏板使用。動的時候就像那樣。好，接下來就拜託妳了，亞蒂……大家也散開，開始進行準備！」

艾爾協助著亞蒂搭乘，她因為不習慣這些步驟而感到困惑，接著艾爾仔細檢查所有機能都連結完畢之後，便關上駕駛座的艙門。提醒身邊的人離開後，他自己也迅速遠離機體。鍛造師們和其他團員都在離得夠遠的地方躲起來等著他。他們的前面架起大盾，擺出完全的防禦態勢。就好像準備面對不知何時會從哪裡飛來的物體一般。

「好──亞蒂，開始進行『甲冑射出裝置』的啟動測試！」

「瞭解!!喝！」

聽見艾爾的指示，亞蒂隨即按下增設在駕駛座內的某個按鈕。下一秒，採取俯臥姿勢的幻晶騎士背部的裝甲迸開、噴飛四散，將內部的東西──搭乘的騎操士連同幻晶甲冑一齊猛地射向空中。

「嗚哇啊啊啊啊!?衝、衝勁好強!嘿!」

被射向空中的亞蒂扭轉身子調整姿勢，然後展現甲冑射出裝置的下一項機能。

幻晶甲冑做得略大的四肢裡，隱藏著某種特殊的紋章術式。那就是噴出空氣獲得推力的『大氣壓縮推進』魔法。當亞蒂輸入魔力，便會激發術式圖形，引發魔法現象。從四肢噴射出的壓縮空氣明顯減緩了墜落的速度。

「嘿咻。」

在快要到達地面前，又展開『大氣衝擊吸收』的魔法作為結束，平緩地降落到地上。被射到空中的騎操士與幻晶甲冑無傷地著地，確定試驗成功，鍛造師們無不感到喜悅。

「嗯嗯，還有一點粗糙，但是已經不錯了。有了這個，就算像上次一樣在空中出什麼差錯，也能用甲冑射出裝置逃脫了。」

「你和小姑娘就算直接跳出來也不會摔死，不過那樣一般的騎士就太可憐了。既然要飛到天上，危險性也比之前來得更高，一定需要準備逃脫用的裝置。」

甲冑射出裝置，是一種讓騎操士所穿的幻晶甲冑與幻晶騎士產生連結的新式操縱系統。其最大的特色，就是專門用來『逃脫』的機能。只要啟動這項機能，魔導演算機就會刻意停止一部分的構造強化魔法，讓駕駛座周圍的裝甲自行崩毀，再利用壓縮空氣的強力噴射彈出裝甲，並同樣將騎操士射出。

為此新設計的幻晶甲冑與其說是駕駛員的強化鎧甲，不如說是『穿戴的紋章術式』。其主要目標就是讓不會『大氣壓縮推進』和『大氣衝擊吸收』的人也能夠使用這兩項魔法。當然也有一定程度的強化能力，能夠協助被投射出的騎操士行動。這是為了對應席爾斐亞涅一世的悲慘意外，並進一步發展成提高騎操士生存率的新機能。

首次測試算是圓滿成功了。艾爾一副心滿意足的樣子慰勞亞蒂。

「亞蒂，做得很成功！騎士和甲冑都沒有問題，降落也很順利。我就知道妳可以，長久以來的訓練沒有白費呢。接下來，為了避免不小心失敗的情況，再請妳多做幾次脫離訓練吧。」

「耶嘿嘿嘿嘿嘿嘿……欸？你該不會是要……？」

聽見艾爾誇獎她，亞蒂高興得差點手舞足蹈，下一刻她連忙回頭。因為她發現艾爾這番話之中出現了不能漏聽的詞語。他提到甲冑射出裝置的訓練，也就是說——

「因此，接下來要不斷把亞蒂發射出去。」

「咦咦!?艾、艾爾，等一下……我實在不想飛出去那麼多次！」

不只亞蒂，每次都得把飛得到處都是的裝甲重新修好的鍛造師們，也不禁露出厭煩的表情。這時，艾爾以無比認真的模樣，用力握住亞蒂的手。在她紅著臉忍不住後退時，馬上緊接著說服她：

「亞蒂，席爾斐亞涅和以前的幻晶騎士不同，必須獨自一個人升上高空。萬一掉下來，就算是妳也不一定沒事。接下來要進行的各項運作測試都會時常伴隨著危險，所以我希望妳努力訓練，以備在任何情況下都能應付。」

「艾爾……沒想到你那麼為我著想！好吧，我知道了！不管發生任何事情，我絕對會回到你身邊!!」

亞蒂感動至極地緊緊抱住艾爾。艾爾在她懷裡頻頻點頭，也輕輕回擁著她。

「我說，既然小姑娘那麼高興，這不是很好嗎？事關騎操士的生命。你們也給我趁這個機會好好磨練本事。」

原本有點厭煩的鍛造師們，也因為老大這頓喝斥而改變想法。

於是在接下來一段時間內，幹勁十足的亞蒂不停進行從駕駛座射出，或是從高樓上跳下等各種安全著地的訓練。

她原本就非常熟悉包括摩托比特在內的各式幻晶甲冑，又是艾爾親自教出來的學生。如果是一般建築物的那種高度，就算掉下來也不會有什麼問題。

所以，這既是她的訓練，同時也是甲冑射出裝置的測試。畢竟不曉得實際上在高空中碰到問題時會怎樣。在建造席爾斐亞涅的過程中，甲冑射出裝置也經過好幾次改良。除了亞蒂以外，途中還抓了好幾個一般的騎士進行發射測試，如此不斷提升裝置的完成度。

◆

殷切期盼的下半身雖然比上半身遲了一些時日，也總算是完成了。席爾斐亞涅二世的身姿終於展現在眾人眼前。上半身的背部略為凸起，下半身則呈俐落的流線形，腰上有一對鰭翼向左右展開，完美體現了『人魚』這個詞應有的樣貌。

在無人駕駛的狀態下，源素浮揚器維持著最低的輸出動力，讓席爾斐亞涅穩定浮在比地面略高的地方。首重飛行能力的空戰特化型機之所以沒有腳部，身為設計者的艾爾是這麼說的：

「源素浮揚器的特點在於只要它的機能仍在運作，就會維持乙太高度。也就是說，沒有必要每次都降落到地上。為了降落而改變高度反而更麻煩。」

因此，平常是利用固定器栓在地面上。鰭翼也能代替起落架，還可以利用它們做出類似步行的動作。即使如此，它在地面上依然非常笨手笨腳。

「源素浮揚器，濃度微上升。艾爾，我準備好了。」

從席爾斐亞涅的擴音器傳來亞蒂準備完成的通知。艾爾點點頭，確認伊迦爾卡在身後，便向周圍發出指示。

「接下來開始推進測試。席爾斐亞涅，解除固定器！」

在身穿摩托力特的鍛造師們操作下，固定器發出金屬摩擦的尖銳響聲，隨即解開。擺脫枷鎖的席爾斐亞涅被浮揚力場帶著浮起來。為了安全起見，限制了進入源素浮揚器的乙太流量，因此上升的速度較為緩慢。一陣微風吹來，使得維持機體平衡的鰭翼不斷輕輕擺動著。

「那麼，我要啟動魔導噴射推進器了！一開始先限制動力……慢慢來……」

上升到推進器不會影響周圍的高度之後，亞蒂用力踩下踏板。收到指令的機體後方開始散發熱氣，魔導噴射推進器的轟鳴聲也愈來愈響亮。席爾斐亞涅終於像滑行一般開始前進了。

雖然刻意限制了速度，可是機身沒有飄搖不定。鰭翼和流過全身的氣流都為機體的穩定盡了一份力。

「……還算順利吧？很好！小席，稍微拿出真本事游游看吧！」

因為從一世那裡嘗到苦頭，所以亞蒂剛開始謹慎地限制動力，但在見識到席爾斐亞涅的穩定性後，她也得意忘形起來。隨著亞蒂逐漸習慣操作，動作變得大膽，或者該說愈來愈隨興。每用力踩一次踏板，魔導噴射推進器所發出的爆炸聲也愈來愈大。

席爾斐亞涅撕裂著空氣前進，細長的身型產生適度的阻力，不會像一世那樣突然失去平衡。又因為限制推進方向只能往前，使機動操作變得更加單純。這方面可以說是成功了。

往左右方向的移動就靠全身的運動與鰭翼達成。利用前進時在機體表面產生的氣流，以及透過鰭翼上空氣流速度的不同而產生揚力。下半身也順著可動部位扭動，展現輕巧的姿態。

「嗯——駕駛的感覺幾乎跟小澤一樣呢。這樣應該行得通！」

那副以前進為主，時而擺動身體前進的模樣，簡直就像一條在空中游泳的魚。亞蒂覺得操縱起來非常接近人馬騎士。不只在構造、形狀方面，連運用方法也和澤多爾各有許多共通點。這套模式她可是非常熟悉了。沒多久，亞蒂就習慣操縱方式，席爾斐亞涅也開始在空中自由地游泳。

看見在空中自在悠游的席爾斐亞涅，地上的人們發出一陣安心與喜悅的歡聲。因為一世的失敗實在太過慘痛，深深刻在他們的記憶裡。為了挽回名聲，他們對二世下了很大的工夫。就連老大也撫著鬍子，看起來非常高興的樣子。

「還需要調整一下，不過情況還不錯嘛。好險沒像上次那個一樣，真教人鬆一口氣。」

「是啊。照這樣看來，近期內也得向陛下報告了……這些先不說，我等一下也坐上去看看吧。」

在周遭還沉浸在成功的喜悅中時，艾爾已經做好另一個打算。

說句題外話。在那之後，有某個奇形怪狀的神秘物體以飛快的速度通過萊西亞拉學園市的上空，並且被許多人目擊，因而在街上造成一陣騷動。

◆

熙來攘往中，阿奇德（奇德）・歐塔一個人走在街上。

這裡是弗雷梅維拉王國的王都・坎庫寧。原本就是國內數一數二的大都市，再加上最近登場的飛空船，使得來往人潮更為熱絡。畢竟這裡是近衛騎士團，也是國內唯一的飛空船據點。

奇德熟練地避開人潮前進，目的地是城市外圍的一間小酒館。那間酒館遠離喧囂，隱身於偏僻的一角。若不是有人事先告訴他地點，光找就不知道有多麻煩。

他走進門，看見酒館裡的客人還不少。大家一邊用餐一邊閒聊。

其中有一人特別醒目。他的身高將近兩公尺，壯碩的身軀幾乎要超出座位，他不斷將桌上盛得滿滿的麵食送入口中。那模樣就算本人無意引人注目，大家的眼光也會集中到他身上。

把奇德叫來這裡的當事人『埃姆里思・耶爾・弗雷梅維拉』從盤中抬起頭，朝著他揮揮手。他雖貴為這個國家的第二王子，舉動卻毫無格調可言。

「哦，奇德！來得好。抱歉啊，突然把你找來！你也要吃嗎!?這裡的菜不只好吃，份量又夠，我非常推薦喔！」

「殿……少爺，您怎麼連這種事情都知道……」

見埃姆里思嘴上說抱歉，卻一副滿不在乎的樣子，奇德暗自嘆口氣。

面對大部分的事情都靠氣勢解決的這號人物，要是因為這點事就吐槽，那可沒完沒了。

「若是少爺的吩咐，我無論何時都會前來。只是沒想到您會挑這麼偏僻的地方。」

「哈哈哈，這裡就像所謂的藏身地啦！」

他豪爽的態度反而令人不知該如何回應。奇德坐到對面的位子上，先隨便點一些餐點。

「……您只找我一個人來，有什麼事嗎？還不准我帶艾爾跟亞蒂，這種事不常有吧？」

「唔唔，也對。不講這些了，直接進入正題吧。」

埃姆里思難得露出認真的表情。要是嘴邊沒有沾到麵食的醬汁，應該會更有威嚴。

「我們回來以後，老爸就引進了飛空船，而且銀色團長好像又做了什麼有趣東西不是嗎？今後這個國家一定會展翅高飛，有更多發展，所以我還要再去一趟克沙佩加！這次不是留學，而且也不必偷偷摸摸地過去。是以我國代表的身分前往。因為上次的戰爭，我在那邊很有人望嘛！」

畢竟是引導那個國家邁向勝利的有功者之一。他在王族之中確實也有廣泛的人脈。不僅如此，還與該國的王族有血緣關係。奇德雖然有點擔心把這種國家大事交給埃姆里思來處理是否妥當，但既然是那個國家，應該不至於出什麼差錯，也就同意了他的說法。

當奇德事不關己地想到這裡時，卻被埃姆里思的下一句話嚇一大跳。

「到時候還要帶幾個隨從一起過去……奇德，跟我一起來吧。」

「咦咦，我嗎!?又去克沙佩加……呃，這有點太突然了吧？而且為什麼是我？」

奇德完全忘記還在店裡，忍不住吃驚地大喊。埃姆里思對他咧開嘴一笑，然後莫名自豪地挺起胸膛說：

「嗯，其實我一直有這個打算！你在那邊也很吃得開吧？而且你平時跟在那個艾爾涅斯帝身邊，我就想你一定也很會輔佐別人！順帶一提，塞拉帝侯爵可是二話不說就答應了。」

「少、少爺的手腳也太快了……」

埃姆里思一旦下定決心，就會一個勁兒地埋頭猛衝，是個徹底的行動派。從他事先做好安排才來徵求同意這點看來，只能說不愧是王族的行事作風。

「看來是沒辦法拒絕了。不過，可以讓我回去和大家討論一下嗎？」

「當然！有問題不必客氣，盡量跟我說。畢竟是要跟騎士團借人，也得跟艾爾涅斯帝說一聲嘛！他那邊就交給我了。」

在那之後，奇德食不知味地吃著感覺很美味的餐點，和埃姆里思聊了一會兒後才與他道別，踏上回萊西亞拉的歸途。在澤多林布爾的駕駛座上，奇德仍是一副心不在焉的樣子。原因連想都不用想，在克沙佩加王國有什麼，又有誰在那裡，又是什麼令他留戀。

「……原本想說既然都回來了，就等安頓下來再思考這件事……」

這下該怎麼辦？奇德感到自己心中的答案逐漸成形，為了與家人商量，加快了澤多林布爾的腳步。

◆

王城雪勒貝爾城聳立於王都坎庫寧的中心。在謁見廳裡，國王里奧塔莫思盤起雙臂發出沉吟，壓抑著想當場抱頭苦嘆的心情。

國立機操開發研究工房的所長歐法・布洛姆達爾站在國王面前，一手掩著嘴，肩膀正在一邊顫抖。

「哎呀，還想說最近比較安分，一定是因為在戰爭後休養生息的關係……真不知道該怎麼說他們了。」

「朕有收到他們又開始搞鬼的報告。本以為總有一天會派上用場，所以只是暫時觀望……想不到繼飛空船之後，居然連幻晶騎士都飛上天了。艾爾涅斯帝那傢伙，真不知道該拿他怎麼辦。」

國王的臉上浮現五味雜陳的表情。根據銀鳳騎士團突然呈上來的報告所示，單獨一架機體就能夠飛上天空的幻晶騎士──『空戰特化型機』已開發完成。這消息的威力足夠讓他們動搖不已。

「既然船可以飛上天，幻晶騎士也一樣可以……說起來簡單，但是有辦法將這樣的妄想化為現實，才是那個人的恐怖之處。」

「像是在看天真無邪的孩子創作一樣呢。不過，因為這樣天馬行空的思考，做出來的卻是擁有全新力量的巨人騎士，還真是令人笑不出來。哎呀，他還是一樣有精神。」

歐法這麼說不是站在衛使的立場，而是以國機研所長的身分獻上誠心的讚揚。語氣聽起來之所以有點調侃的意味，則是因為稱讚的對象有點微妙。國王恢復一本正經的表情。

「因為與博庫斯大樹海之間設有屏障，原以為我國境內尚屬安全範圍……豈料魔獸至今依然囂張跋扈。話說回來，天空真是比想像中更加遼闊的世界啊。」

弗雷梅維拉王國內仍有許多魔獸棲息。近來，多虧了新型幻晶騎士的威力，人們都以為對魔獸的驅逐又往前邁進一步。這雖然是事實，但也是假象。

過去，在建國初始的時期，人們在一定程度上選擇了較安全的地點設置城鎮和村落。這樣的部署使各個聚落都像孤島一般，只靠著細細的道路相互連結。除此之外，還存在著許多無人居住的地區。他們連陸地上的一切都還未完全掌握，何況是天空。

「正好最近必須擬訂對策，解決近衛航班多次遭受攻擊的問題。這件報告來得正好。莫非他早已料到這樣的結果了？」

「或許吧……很難說。臣以為，這世界上沒有比他的腦袋更神奇的東西了。」

聽歐法這麼說，國王也只能點頭肯定。

「無論如何，這都是迎合時勢所需。有了這種幻晶騎士加入，開拓空域會更加順利。這麼一來，我國也將會發生重大改變……國立機操開發研究工房也得再加把勁了。」

「遵旨。這是臣的榮幸。」

目送著歐法行了一禮之後離開，里奧塔莫思再度陷入沉思。

◆

幾天後，艾爾收到一封國王的詔書，因此來到雪勒貝爾城。里奧塔莫思對受召前來的艾爾提出某項提案。

「要為空戰特化型機設立新的中隊……是嗎？」

「對。雖然是經由你的手做出來的，朕也明白這項發明對今後乘著飛空船航向天空探索之際會有很大的幫助。不過，同時也產生很多問題。先不談它怪異的建造方法，更重要的是，這次實在找不到人駕駛。」

空戰特化型機最大的問題不是建造方法或材料，而是駕駛員。卡迪托雷等新型機仍屬於既有機種的延伸，所以騎操士們也多少有些概念，駕駛起來沒什麼困難；到了澤多林布爾那樣怪異的程度，因為它的操縱方法有其特殊性，能夠駕駛的騎操士就少了。然而，即使是那樣的人馬騎士，畢竟還是在地面上跑，受過訓練就有可能克服。

但是，這次的空戰特化型機就不一樣了。如同『飛翔騎士』這別名所稱，其運用方法與過去的幻晶騎士完全不同。想必需要更為特殊、漫長的訓練才能順利普及。

「就連飛空船的船員都還在摸索的狀態，現在再加上飛天的幻晶騎士，也只能舉雙手投降了。畢竟連負責教導駕駛方法的騎士都找不到啊。既然如此，乾脆讓完全沒有經驗的新生從頭學起，說不定他們理解得也比較快。」

「原來如此。陛下的意思是，新事物就交給新的世代學習。」

里奧塔莫思坦率地點頭。飛翔騎士因為太過特殊，不論多麼厲害的騎操士，都得從基礎開始重新學習操縱技巧。國王於是想，不如從更早的階段開始學習，效果會更好。當然，有些場合是經驗老道的騎操士更適合，但年輕人的學習能力與適應能力仍然很值得期待。

（哎，原因不只這些就是了……）

事實上，還有另一個更重要的原因。

自設立以來，銀鳳騎士團就一手包辦了新型幻晶騎士的開發與應用，更被視為對抗威脅的王牌，在各方面大為活躍。這支國王直屬的騎士團表面上是受國王指揮，可是他們實際上還是隨著團長（艾爾）的意願行事，時常會往意想不到的方向暴衝。此外，由於成立的過程特殊，這個騎士團一路走來，很少有人才交替的情形。

就因為這樣，弗雷梅維拉王國內從以前，就有各方人馬不斷提出要求，希望把自己人送進這個驚人的騎士團。話是這麼說，也不好隨便幫橫衝直撞的騎士團長增加人手。因此，這一類的要求一直是靠國王壓下來的。

「朕要向全國各地發出告示，廣招優秀的新人騎操士。你就帶領這些選拔而來的人才，成立新的飛翔騎士隊吧。」

考慮到上述各種原因，里奧塔莫思認為現在時機正好。即使銀鳳騎士團的成就斐然，他們依然太過特殊且封閉了，偶爾也該注入一點新血。國王打算趁此機會，一口氣解決雙方的問題。

里奧塔莫思的眼神變得犀利。銀鳳騎士團團長艾爾涅斯帝則發揮他經常會往令人意想不到的方向暴衝，卻依然敏銳的觀察力。

「臣明白了。那麼，就特別設立以飛翔騎士為主的中隊吧。」

最後，艾爾乾脆地點頭答應。從那張一如既往的柔和笑容上，完全猜不出他心裡的想法。里奧塔莫思沒有顯露出安心的表情，只故作冷靜地點頭回應。

兩人協調過後，銀鳳騎士團決定要設立以飛翔騎士為主的特殊部隊。

◆

自從國王與銀鳳騎士團團長之間那次談話後，又過了一陣子。國內包括萊西亞拉騎操士學園在內的各個學園設施，開始盛傳某個謠言。

「喂，那件事你聽說了嗎!?」

「有啊，就是那個吧？大家都在傳，說要設立新的『騎士團』！」

「對對！再告訴你一個嚇人的消息，聽說要駕駛的竟然是……」

「竟然是會飛的幻晶騎士！」

「喂，幹嘛先破哏啦，混帳！是說，前不久才有船飛到天上去，結果現在連幻晶騎士也要飛了。最近好像怪怪的。」

「不會吧，明明很有趣好不好，而且還是最新型的，最・新・型！聽說做出來的是……」

「『那個』銀鳳騎士團啊。」

「這次換你破哏了喔！」

以騎士或騎操士為目標的少年少女們熱烈談論的話題中，不時可以聽見銀鳳騎士團的名字。

那個特殊的技術員集團不僅開發出目前最先進的幻晶騎士，甚至擁有人馬騎士（澤多林布爾）和飛空船等驚人兵器。同時，他們身為國王直屬的戰鬥集團，不僅從早期就在國內擊敗強大的魔獸，甚至孤軍前往邦交的鄰國支援作戰，還成功助其復國並凱旋歸來，是史上最強的騎士團。

此外，銀鳳騎士團在國內算是比較年輕的集團，成員也全都是年輕人，這點在國內也是廣為人知。對那些想靠當騎士闖出一片天地的年輕人而言，他們可說是令人憧憬的存在。

有了這些實績，這次又突然冒出一個『飛翔騎士』。據說是銀鳳騎士團主導開發的最新型飛行幻晶騎士，並將由國王陛下親自居中協調，『創設新的騎士團』。一聽說這些消息，不管是誰都能夠馬上察覺，這可是千載難逢的好機會。

——對了。所謂的謠言，總是會在口耳相傳間遭人加油添醋。

原本只是要增設實驗性的『中隊』，卻在不知不覺間變成要設立新的『騎士團』。騎士團與中隊的規模自然無法相提並論，需要的人數也多。也因此，從各地『學園』畢業的騎士候補，還有中小貴族除了長男以外閒得發慌的子弟們，全都跑到王都腳下集結，尋找機會。滿懷希望而來的人流，很快就變成規模超乎想像的蜂擁人群。

這般意料之外的盛況，很快就連國王都感到焦頭爛額，他馬上把艾爾找來王城。兩人帶著困惑的表情面面相覷，試圖解決一發不可收拾的現況。

「……艾爾涅斯帝啊，事已至此，不如就真的成立另一個騎士團吧？」

「呃，可是臣已經有銀鳳騎士團了。」

「朕當然知道，不過……看現在的情況，光是增加一個中隊已經解決不了了。」

就連國王也感受到一種莫名的焦躁。在這個世界的國家建立的背景下，絕對王政的色彩相當濃厚，國王與王族所握有的權限也大。只要下一道命令，也能夠輕易命令那些聚集而來的人群散去。

然而，國王身為一開始廣招人才的當事人，事到如今也不好叫停，而且各地貴族提出的要求更是棘手。飛空船和飛翔騎士所代表的正是新領域的開拓，所以眾多貴族都拚命想參與，並熱切期盼著設立新的騎士團。很明顯的，能夠解決這種情況的方法並不多。

「臣會考慮成立騎士團的可能性，也請讓臣和銀鳳騎士團的各位商量一下。陛下，臣還有一事相求，不知能否增加飛翔騎士的產量，及早做好準備。」

「沒辦法。就派國機研一部分的人給你，優先建造你的騎士吧。」

不著痕跡地讓國王答應自己的要求後，艾爾的心情明顯地變好了。

「臣明白了。那麼，銀鳳騎士團將傾盡全力，完成陛下的旨意。」

「嗯，有勞你了。」

看起來似乎很疲憊的國王，在聽見艾爾的答覆之後，才終於露出安心的表情。

◆

艾爾一回到奧維西要塞，便馬上召集團員。得知事情始末的團員們無不充滿疑惑。

「……事情就是這樣，現在很傷腦筋。原本只是要增設一個中隊，結果報名參加的人數……說不定超過了一個旅團的規模。」

「嗯，那種事情根本沒辦法解決，就當作沒聽見吧。」

當下決定抽手的迪特里希轉身就要走，卻被笑容滿面的艾爾抓住。

「這件事情攸關飛翔騎士的普及，而且也是陛下的請求，需要我們銀鳳騎士團所有人的力量。迪學長當然也會幫忙吧？」

「……嗯。」

艾爾露出充滿魄力的笑容如此強調，迪特里希也只能無力地垂下頭，任憑他擺布。一旁看著的艾德加忍不住聳肩，唉聲嘆氣道：

「該來的總是會來，誰也逃不掉。」

「是啊，畢竟是史無前例的飛翔騎士。情況完全無法收拾……」

說起來輕鬆，但他也明白現在不是開玩笑的時候，於是嘆了口氣。

「團長每次起個頭，後來幾乎都會變成大事呢。」

連海薇也搖著頭說。她身旁的艾德加臉色愈來愈嚴肅。

「說實在的，那樣的規模實在超出我們的想像。再怎樣都不可能增加一個旅團……至少減到幾個中隊，或者一個營的程度，不然沒辦法解決吧？」

實在不可能讓所有希望參與的人入選。里奧塔莫思向他保證過，說會進行篩選，多少淘汰掉一些人數。不過，由於太多貴族牽扯其中，最後想必還是會有相當數量的人留下來。

「老實說，只是新成立一個騎士團還不難。但是，在那之後還要面對一個更大的問題。」

「教育嗎？」

這個部隊，或者是騎士團增設的宗旨，是培育駕駛飛翔騎士的人才，當然也需要人教導他們。想要有系統地教育這麼一大批年輕人，到底會有多麻煩？簡直讓所有人愈想愈頭痛。

「所以，艾德加學長、迪學長，還有海薇學姊，三位要不要也駕駛看看飛翔騎士？」

「喔？這麼突然？我對飛翔騎士本身是有興趣，可是我不打算離開阿迪拉德。就交給那些新人了。」

「我也不想捨棄古拉林德。不過，我想應該會在訓練的時候露個臉吧。」

不只是他們倆，銀鳳騎士團的騎操士們都有陪著自己戰鬥至今的幻晶騎士。是用慣了的道具、可靠的武器，更是長久以來同甘共苦的搭檔，會產生感情也是理所當然的。

「我都可以喔。反正第三中隊本來就喜歡新東西。」

只有海薇乾脆地答應下來。她以前也有擔任特列斯塔爾的測試騎操士的經歷。天生就充滿好奇心。

就算沒有她那麼積極，大家也都對新型的飛翔騎士很感興趣。聽見三個人南轅北轍的回答，艾爾加深臉上的笑容，令所有人馬上生出一股不祥的預感。

「我並不是叫你們捨棄愛機。只是想請你們三位另外先進行訓練，適應駕駛飛翔騎士的感覺。」

「喂，艾爾涅斯帝？」

不祥的預感與艾爾的笑容愈來愈深沉。

「然後，要請各位協助『教育新人』……即使所屬不同，但是在廣義上也算是銀鳳騎士團的新人。我相信你們身為資深的中隊長和團員，也願意給予協助吧？」

怎麼想都知道到時候絕對會很辛苦，但騎士團長似乎完全不打算放過他們。他們也只能你看我、我看你，然後靜靜地舉雙手表示投降。銀鳳騎士團不只要跟魔獸戰鬥，還必須對抗艾爾帶來的種種困難挑戰。畢竟，他們已經算是命運共同體了。

◆

之後，各中隊長與隊員們展開特訓。參加者中可以看到許多第三中隊的面孔。中隊長海薇說的沒錯，這些人的確很喜歡新奇事物。

雖說要參加訓練，但是最重要的飛翔騎士還在製造中，所以在機體數量湊齊以前，他們只能進行以甲胄射出裝置為主的訓練。

「看亞黛爾楚在測試的時候，還覺得沒我的事。一旦輪到自己被射出去……就算這個訓練是必要的，還是很佩服他想得出這東西。」

好幾次被投射到空中，再從高處降落到地面的迪特里希，憤恨地看著一臉若無其事的艾爾和亞蒂到處活動。

飛到天上後如果發生任何問題，那就無處可逃了。大家都能理解沒有比逃脫訓練更重要的事。話是這麼說，訓練還是很辛苦。他們在這個階段就已經覺得筋疲力盡。

就在他們被彈射到天空再降落的動作顯得愈來愈熟練的時期，國機研那邊終於有了消息，完成的先行量產機已經送過來了。一聽到總算能開始實際操縱的訓練，所有人都忍不住鬆口氣。

不過，接下來的駕駛訓練也沒有想像中容易。即使是經歷過大風大浪的銀鳳騎士團，天空也是完全未知的領域。

「……沒看過的按鈕太多了，莫名其妙的儀表類也太多了。真的需要這麼多裝置才能動起來嗎……？」

坐上駕駛座的艾德加，環顧四周圍繞著他的各種機組，深深地嘆一口氣。

源素浮揚器、源素供給器，以及魔導噴射推進器，還要控制這種半人半魚的異常外形。想要掌握這些運作所需的機能，看來又得費一番工夫。

唯獨這時候，在古拉林德上裝備魔導噴射推進器的迪特里希，反而算是理解得比較快的人。

在好不容易理解這些基本操作之後，接下來終於要開始浮空訓練。首先是低空的巡弋訓練，接著慢慢提升高度與速度，反覆進行機動訓練。起初他們一舉一動都提心吊膽，後來也逐漸習慣，很快就能做出在空中組成陣形等較為細膩的動作。

「實際坐上來以後，反而比想像中還要好駕駛啊。雖然還不太習慣這種不踩著地面，像滑行一樣的移動方式。」

「也對。除了輕飄飄的感覺以外，幾乎跟澤多林布爾沒什麼差別。稍微大膽的操作應該也沒問題。」

海薇輕快地回應在訓練後稍作休息的艾德加。

「設計時提到過它是以人馬騎士為基礎做出來的，也不見得是開玩笑啊。」

實際上，海薇的動作在三位中隊長裡是最流暢的。至於平時都在駕駛人型機體的艾德加，仍然處於摸索階段。一旁聽著兩人對話的迪特里希聳聳肩，說：

「我也稍微習慣了。話說回來，這傢伙果真是一匹烈馬。」

「唔，與其說是烈馬，應該說是一條難以駕馭的烈魚吧？」

「重點不是那個，而且唸起來多不順啊？這傢伙的外形是半人半魚沒錯，可是實際上還是用騎兵的方式行動，叫它天上的烈馬就好了。」

只要沒有人為的外在因素干擾，支撐飛行的源素浮揚器在原理上就不會改變高度。雖然可以利用魔導噴射推進器暫時性地上升、下降，但在過了一段時間後，又會回到安定的高度。從運作原理的角度來看，飛翔騎士的空中機動只能算是平面的延伸。

習慣了奇妙的飄浮感後，便能體會席爾斐亞涅也算是幻晶騎士的一種。也許是因為在設計時參考澤多林布爾的緣故，它的動作與騎兵非常相似。至少他們是這樣理解的。

「再來就是用鰭翼很難捕捉氣流。真不想跟那些在空中飛來飛去的魔獸戰鬥啊。」

「放心！小席它們還滿乖的，只要稍微抓到訣竅，很快就能讓它們乖乖聽話！」

「不不，別拿我們跟做測試騎操士的妳比較。」

經過一連串的錯誤嘗試後，從初期便加入的亞蒂已經可以隨心所欲地操縱席爾斐亞涅。畢竟她也曾經在空中與魔獸對抗過，早大家一步累積了寶貴的實戰經驗。

「對呀，明明是這麼乖巧聽話的機體，怎麼還不會操縱呢？真是一群外行人。」

「對吧～」

看到亞蒂和海薇這兩個人馬騎士駕駛員開始一搭一唱，迪特里希忍不住苦笑著說：

「妳們喔……哎，我不否認還滿愉快的啦。不枉費我們特地加入當白老鼠了。」

當他們聊得正起勁，一旁剛好經過的艾爾帶著滿臉笑容，靠了過來。

「很高興各位都喜歡，真是太好了。那麼，下次就來場簡單的模擬戰訓練吧！我也很樂意奉陪喔！」

「……噢，我真會自找麻煩。」

之後，迪特里希費好大一番工夫，才總算阻止跟伊迦爾卡進行模擬戰這樣瘋狂的訓練計畫。

◆

正當騎操士們每天忙著訓練的這段期間，鍛造師隊又在做什麼呢？除了老大他們正在向國機研傳授飛翔騎士的建造方法以外，還有另一群人投入新的開發之中。

「……艾爾，真的要做這個？」

看過眼前張貼出來的設計圖後，巴特森感受到一股恐懼的顫慄。

「就說我們不是造船匠了啊……」

「別這麼說，你不覺得把空戰特化型機和這艘船擺在一起，會是非常、非常棒的事情嗎？」

在艾爾和巴特森面前的圖紙上，畫著一艘極為巨大的船。那當然是飛空船的設計圖。只不過，它的外形與既有的運輸飛空船相當不同。

「我需要對飛空船、幻晶騎士，甚至是飛翔騎士都很熟悉的人參與這次的設計和製造。既然老大他們忙不過來，能夠做到這件事的就只有你了。」

「話說得好聽，每次都把我捲進麻煩事裡！唉——早知道我不管怎樣都去飛翔騎士那邊了！」

巴特森簡直快哭了，而他所帶領的鍛造師們臉色也變得鐵青。這份設計圖就是如此恐怖。

「再說，為什麼連飛空船都要重新設計啊？做普通的飛空船不就好了？」

他們是製造幻晶甲冑和幻晶騎士的專家，與造船的領域有明顯的差異，當然也不是製造飛空船的專家。

「飛翔騎士再繼續增加下去的話，未來一定會需要這個。因為它們還太脆弱了，無法獨自在空中飛行。」

設計圖上畫著的不是一般的飛空船。其中包含了種種特殊機能，需要他們建造幻晶騎士的技術才有可能完成。這樣的船只有創造出飛翔騎士的艾爾才設計得出來。

「所以，才有必要造出這艘『飛翼母船』當作騎士們的據點。」

艾爾不會滿足於一味地增加飛翔騎士的數目來組成騎士團。為了發揮其真正的價值，他更試圖帶來進化。

就這樣，騎操士們繼續訓練，鍛造師們繼續開發。另一方面，一項秘密的造船工程也在進行中。

最後，經過一場由國王主導的激烈選拔後，總算決定了要分發到飛翔騎士部隊的人員。在弗雷梅維拉王國，一個新的騎士團於焉誕生。

第五十話　紫燕騎士團結成

在王都坎庫寧近郊，有一座近衛騎士團專用的演習場。這裡也是過去澤多爾各亮相時使用的場地。今天，眾多年輕騎士聚集到此地。他們是從弗雷梅維拉王國各地選拔而來的新人騎操士。他們各個挺直背脊，眼底蘊含著燃燒般的堅定意志，注視前方。每一張面孔都流露出緊張與年輕的朝氣。無懼於未來將面臨的考驗，也熱切期待著今後將到手的名譽。

站在演習場上的他們，面前有一排階梯式的觀眾席。此時，一個人影出現在最高一層的看台上。帶著護衛騎士走上來的不是別人，正是弗雷梅維拉王國的現任國王・里奧塔莫思。

事先收到通知的新人騎士們一齊跪下。國王點點頭，環視在場所有人之後，便揮一揮手允許他們起身。

「……今日在此集結的騎士們克服了諸多試煉。你們被選為今後帶領我國前進的先鋒，各位想必或多或少聽說了將你們聚集起來的理由。」

沐浴在眾人的眼光中，國王語氣嚴肅地開口：

「你們也親眼見過好幾次了吧。在先前的戰爭中，我國從西方獲得飛空船這項技術。我們將靠這史無前例的、飛行於空中的巨船挑戰新世界，踏入過去連作夢都不曾想像將前往探索的場所，那就是這片遼闊的天空！」

里奧塔莫思仰頭望天。那片蒼藍的世界無邊無際，是他們過去完全觸碰不到的領域。如今，只因為區區一項技術登場，就有了戲劇性的轉變。

「然而，這飛空船的技術也在西方諸國傳開了。遲早會有許多人為了征服這片天空而展開行動。屆時，我國也不能只是望塵興嘆。朕在此宣布，另一項重大技術也同時誕生了，而且是我國首先發現，完全領先西方的力量。」

他在此時稍作停頓。

「那就是飛上天空的幻晶騎士。騎操士們。會飛的不只有船。你們今後的戰場不會只侷限於地面上。」

國王察覺到有人輕輕倒抽一口氣。光是國王直接在面前發表談話，他們這些新人騎操士就能感受到事情的重要性。聽著聽著，眾人也漸漸理解到自己被選拔至此，今後將背負多大的重任。

望著底下的新人騎士們身體漸漸僵硬，里奧塔莫思再度開口：

「你們接下來將會被編入新的騎士團，這是專門為了前往天空的騎士而設立的騎士團，而你們的表現將會成為某種示範。若能做出一番成果，想必會出現更多後進吧。各位要謹記在心。那麼，接著向你們介紹所屬的騎士團成員。」

語畢，國王便舉起手給出信號。新人騎士們一齊立正站好——過了好一會兒，依然沒有任何事發生。所有人連動都不敢動，但也沒看見什麼東西出現，寬廣的演習場陷入一片沉默之中。疑惑的情緒在新人騎士之間開始蔓延。他們正想轉頭觀察周遭的情況，變化就在這時發生了。

有黑影在遙遠的天邊蠢動著。彷彿藍天中一點污漬的黑影轉眼間變大。那難道是飛空船？可是又不像。它們比飛空船小了許多，而且有好幾個。

黑影悠然掠過蒼穹，不久便來到演習場上空。聚集於此的新人騎士們終於壓抑不住心中騷動。隨著爆炸聲愈來愈近，已經能夠清楚看見它們的樣貌。

「真不敢相信……幻晶騎士真的飛上天了！」

不只是新人騎士，連在場的近衛騎士也都目瞪口呆地仰望天空。幻晶騎士是一種模仿人類外形的兵器。雖然近年出現了人馬騎士這樣怪異的存在，但那也只能算少數特例。

出現在眼前的『飛天幻晶騎士』也怪異得令人聯想起人馬騎士。外裝鎧甲呈俐落的流線型，包覆其中的軀體只能稱之為異形。上半身雖然是人型，但是下半身就完全不同了。居然像在水中悠游的魚一樣長出魚尾，機體上還有一對像翅膀的鰭。

除此之外，它也沒有在地面上立足的雙腳，可說是比人馬騎士更異常的機體。

騎士們震驚得僵在原地，半人半魚的軀體在他們的視線前方轉一個彎，開始從後方排出七彩光芒。

「它們……要降落嗎？」

在地上的人一看就知道它們的高度慢慢下降。沐浴在眾人緊張的視線裡，半人半魚的騎士們不斷下降。從後方吐出的七彩光芒開始減弱，而其下降的速度也放慢了。

隨著機體靠近地面，嘈雜的進氣聲傳入耳中。四架半人半魚的幻晶騎士控制著推進器，平穩地往演習場的空地前進，然後進入最後的降落程序。

機體上的牽引索發出刺耳的噴射音射出。在刺入演習場裸露的地面後，就成了錨的替代品，使機體穩定下來，並隨著牽引索捲起纜繩的聲音響起而持續下降。推進器在這段時間內沒有動作，所以也未在四周揚起塵土。這反而使降落的動作平穩到不自然的地步。在場所有人都嚥著口水，緊張地觀望。

在降落到一定高度後，半人半魚的騎士用巨大的鰭代替雙腳與地面接觸，它們靠牽引索和鰭穩穩降落到地上，停止所有動作。雖然還聽得見進氣聲的噪音，但也在不久後與魔力轉換爐一起停下來，四周又恢復寂靜。

每個人都緊盯著這輩子第一次見到的飛天幻晶騎士。場上鴉雀無聲，大家只顧著目不轉睛地注視它們。唯有里奧塔莫思環顧在場因為緊張與驚愕而僵在原地的所有人，深深地嘆口氣。

「……真是的，艾爾涅斯帝那傢伙實在很喜歡嚇人。」

他在心底對想出這段表演的始作俑者無奈地抱怨。這方面算是艾爾涅斯帝的行為中特別幼稚的部分。只不過，聽了這個計畫，認為能給新人騎士們留下深刻印象而允許的國王，也半斤八兩就是了。

與此同時，半人半魚的騎士又有了新的動作。它們背上凸起的裝甲發出壓縮空氣外洩的聲響，隨即開啟。這些機體的駕駛座似乎是在背上。在眾目睽睽之下，幾個穿著幻晶甲冑的人影從裡頭現身。

以往的幻晶騎士都是從前方進入駕駛座，而且也不會像這樣穿著幻晶甲冑搭乘。在眾人更為驚訝的情緒中，重裝備的騎操士們以意外輕巧的動作離開機體，直接走到新人騎士們眼前。他們在眨眼間便打開甲冑，迅速解開固定的皮帶，這才踏到地面上。

此時，又掀起一陣騷動。因為從中現身的騎操士們也都很年輕，頂多比在場的新人騎士們大了幾歲。在四位騎士中，體格特別壯碩的一位男性走向前，接著他們一齊面向國王低頭致意。

「……隸屬銀鳳騎士團的四架飛翔騎士，奉陛下旨意前來參見。」

里奧塔莫思點頭回應，然後向仍然動彈不得的眾人高聲宣布：

「騎士們！將這一切仔細映入眼簾吧。這些正是你們將要駕駛的新幻晶騎士——『空戰特化型機』！」

新人騎士們全都說不出話。只覺得口乾舌燥，雙腳幾乎要開始發抖。繼飛空船之後，現在又出現會飛的幻晶騎士。這些完全是未知的領域，光是聽過傳聞，大概沒什麼真實感吧？就是親眼目睹才能感受到震撼，正可謂百聞不如一見。

考慮到接下來的發展，他們要是抱持太隨性的態度就不好辦了。讓新人親眼見識一下機體，嚇嚇他們的手段或許很有效，但是看起來太脫離現實，也難怪國王會煩惱是否做過頭了。

然而，國王絕不會將想法表現在臉上，他接著說道：

「以這一切為基礎，朕現在宣布成立新的騎士團，命名為『紫燕騎士團』，是一支由飛翔騎士所組成，翱翔天際的騎士團。你們就暫且跟著在場的銀鳳騎士團好好奮鬥吧。」

或許也可以讓飛翔騎士直接歸屬到銀鳳騎士團旗下，可是如果跟著艾爾能隨意運用的銀鳳騎士團，也許早晚有一天會脫離正常的軌道。因此，國王從一開始就決定飛翔騎士要獨立成新的騎士團。

「飛空船航向天空，守護它的騎士也應運而生。今後，我國將會踏出新的一步，你們則會成為引領進步的前鋒。朕很期待你們今後的表現。」

不只新人騎士，近衛騎士們也一齊端正站姿，強而有力地應和。國王滿意地點點頭，然後轉向飛翔騎士的騎操士。

「因此，你們將接受銀鳳騎士團的指導。銀鳳騎士團團長，到前面來……」

里奧塔莫思看著剛才從飛翔騎士裡出現的四人走向前，朝身後這麼說道：

「之後就交給你了，艾爾涅斯帝……切記適可而止。」

「臣完全明白。」

里奧塔莫思仍舊感到不安，但他只輕嘆一口氣，還是先從看台上退下來，靜候在其身側的一個嬌小人影則是往前一步。原以為他會直接開始演說，結果他卻突然從看台上縱身一躍，跳到演習場上。

在新人騎士們的注目下，那名嬌小的少年──艾爾涅斯帝，臉上帶著一如往常的親切笑容開口了：

「我就是剛才承蒙陛下介紹的銀鳳騎士團團長，艾爾涅斯帝・埃切貝里亞。」

面對如此急轉直下的發展，新人騎士們全愣愣地望著艾爾。

知情者才知道銀鳳騎士團團長的真面目。關於這號人物的傳聞不脛而走，反而使他變成一個謎團重重的存在。除了住在萊西亞拉學園市的人以外，甚少有人親眼見過銀鳳騎士團團長的尊容。

他最有名的事蹟，就是從還在學園就讀時期便不斷開發出新型幻晶騎士，並且親自駕駛那些最新機體；最後還獲得國王授予騎士團。是個有如傳記人物般勵志的角色。

——然而，他的真面目卻是這麼嬌小，外貌有如少女一般惹人憐愛，根本一點威嚴都沒有。即使見到本人，也很難相信這是真的。

當然，艾爾才不管這些，繼續他的演說：

「今後要請聚集於此的各位，駕駛由我們銀鳳騎士團設計的飛翔騎士。飛空船雖然能夠飛上天，可是要在這個國家的天空航行，還太過脆弱了。所以，培育能夠保護飛空船的騎士可說是當務之急。」

在眾人滿頭問號的狀況下，飛翔騎士的騎操士們一副理所當然的樣子站在艾爾的後方。仔細一看，其中三人看起來就是身經百戰的老手，另一人卻是與新人們年紀相當的少女。這四個人是艾德加、迪特里希、海薇和亞蒂。

看到他們忠誠服從的樣子，大家總算理解到艾爾真的是騎士團的領導人。當新人騎士們總算漸漸跟上現實的時候——

「將來有一天，等你們能夠獨當一面的時候，紫燕騎士團就會正式獨立。屆時，飛空船一定能飛得更遠，甚至離開這塊大陸吧。這不是很不公平嗎？既然船能飛到天上，幻晶騎士當然也可以。為了將幻晶騎士送到這世界上的每一個角落……」

「……等一下，團長。離題了。」

艾德加悄悄向前，靠近艾爾耳邊小聲勸道。一陣短暫的沉默過後，艾爾硬是修正偏離的話題。

「咳咳。總之，你們將接受這幾位前輩的指導，以及應有的操縱訓練，成為史上第一批翱翔天際的騎士，在歷史上留下功名吧。」

新人們有點跟不上話題轉變的速度，可是迫於艾爾的氣勢，還是乖乖地行禮致敬。紫燕騎士團就在這樣古怪的氣氛中開始運作了。

◆

自從那場轟轟烈烈的見面會揭幕之後不久。

紫燕騎士團與銀鳳騎士團一樣，將奧維西要塞當作據點，並在要塞周圍開拓更多林地，預定將來要當作停機坪使用。

現在，這塊空地上並排著一個中隊（十架）、身纏全新鎧甲的空戰特化型機。這些是國立機操開發研究工房，傾盡全力打造的先行模型量產機『多耶迪亞涅』，它們的各種結構比起原本的席爾斐亞涅都更為精練，外形也變得更簡潔俐落。即使如此，因為實際運轉的次數仍遠遠不夠，所以還有許多待改進的地方。

紫燕騎士團接下來要進行的實機演練，同時也是空戰特化型機的運作測試。預定在各式各樣的條件下進行操作，並且逐一收集數據，再依照這些數據重新評估設計。想脫離模型機的範疇，作為正式的制式量產機亮相，勢必還有很長一段路要走。

新人騎士——現在已成為紫燕騎士團的團員們，用餘光不停瞄向靜靜佇立在一旁的飛翔騎士。他們即將挑戰初次的訓練。和上次見面時一樣，艾爾站在所有人面前開始說明。

「如同各位所看到的，有幾架機體已經調過來了。雖然很想讓你們馬上駕駛看看，可是得先請你們做一些基礎訓練。在還沒通過這些訓練之前，沒辦法讓你們駕駛飛翔騎士（多耶迪亞涅）。」

騎士團員們各個幹勁十足，露出嚴肅的表情。當實物擺在眼前，他們的鬥志也都更加高昂。

可惜用不了多久，當他們知道訓練內容主要是從高處落下之後，這些覺悟就通通變成慘叫。

◆

「……感覺跟想像中不一樣。」

幾天之後，經過連日嚴酷的（射出）訓練，團員們臉上露出鬱悶的表情，呻吟著說。

「看到幻晶騎士會飛的時候，還那麼感動的說。」

「居然完全沒有機會駕駛……」

這陣子他們所受的訓練，主要是穿上射出裝置用的空降甲冑，或者是穿上幻晶甲冑長跑等內容。目的在於提升騎操士本身的耐力並且習慣甲冑。這些都讓剛從基礎的幻晶騎士駕駛課程中畢業，正式成為騎操士的團員們，有種又回到過去的錯覺。因為被告知這些訓練是必要的一環，所以只能乖乖照作，但不能否認的是，他們也多少感到有點失望。

銀鳳騎士團的中隊長們，和其他幾位團員，負責擔任這些騎士團員的教官。

首先由艾德加指導空降甲冑的著裝，以及降落時應該採取的動作。

「這些訓練全都有其意義。為了在任何狀況下都能確實完成動作，唯有靠反覆練習才能習慣。」

說完後，就讓他們不斷進行訓練，直到身體完全記住為止。看他們逐漸習慣了，投射出去的高度也隨之增高，甚至開始在途中進行妨礙。

看著艾德加淡然且徹底地執行這一切，他魔鬼教官的形象也深植團員們的心中。

在這些訓練的空檔，穿著幻晶甲冑的迪特里希，還會帶領同樣穿著幻晶甲冑的團員去長跑。

「快點，給我不停地跑！騎操士到最後還是靠體力和魔力拚勝負。要徹底鍛鍊到即使飛翔騎士出了問題，掉下來也沒問題的地步！光是這樣就會決定你們的生死!!」

迪特里希率領銀鳳騎士團的圍毆部隊，踏遍許多殘酷的戰場，而且不只是他，銀鳳騎士團的團員各個都是年紀輕輕就見識過大風大浪的精銳，體能素質自然也鍛鍊得相當驚人。

在嚴酷的長跑訓練中，即使團員們已經累得半死，迪特里希還是一臉若無其事的表情，根本就是怪物。他也是不輸給艾德加的魔鬼教官。這也代表著團員們完全得不到救贖。

除了地獄訓練之外，期間還穿插著基礎知識的講座。講師則是教官們中最年輕的亞蒂。

其實，艾德加和迪特里希在騎士中也算是較為年輕的。至於亞蒂，她根本和受訓的騎士團員們差不多。雖然覺得由年齡相近的活潑少女來擔任導師很奇怪，但還是想在她的課堂上尋求嚴苛訓練中的慰藉。原本應該是這樣——

「駕駛空戰特化型機的時候，要先嗡～～地操作源素浮揚器，讓機體浮起來，然後調整到剛剛好的輸出功率。前進的時候要咻～～地乘上氣流，這樣就可以動得很快了！」

「教、教官，完全聽不懂妳在說什麼……」

從另一種角度來說，她的講座也非常慘烈。幸好用的教材是艾爾和老大安排的，所以內容還算完整，問題在於負責講解的亞蒂是個無可救藥的感覺派。大量的狀聲詞使得說明令人難以

理解，團員們只能欲哭無淚地自己啃書。

「……那樣大概不行。」

「我們該出手幫忙嗎？這樣下去，正式上場的時候可能會出差錯。」

「唉，亞蒂，都叫妳說明的時候不要用狀聲詞了……」

結果，看不下去的海薇變成講課的助手，協助補充說明。她過去向亞蒂請教澤多林布爾的駕駛方法的經驗沒有白費。聽了她條理井然的解說，騎士團員們總算看見希望的曙光，露出得救了的表情。

於是，訓練的療癒女神這個稱號便落到海薇頭上了。

◆

經過為時數個月地獄般的基礎訓練，紫燕騎士團員終於能夠坐上夢寐以求的飛翔騎士（多耶迪亞涅）了。

話是這麼說，但因為機體數量還不夠，所以只能採輪流制。沒輪到的人還是只能繼續努力訓練。

「大家期待已久的時刻終於到了。接下來要請各位飛上天空。應該沒有人忘記之前的訓練吧？全體人員穿上空降甲冑。準備搭乘！」

「是！」

被艾德加狠狠操過一頓的騎士團員們，動作明顯變得迅速。他們快速地穿好空降甲冑，並將銀劍插入紋章認證裝置。等解除固定後，再活動全身檢查狀況。直到確定機能沒有問題，才在艾德加面前整隊。

他們臉上浮現既期待又有些緊張的神色。儘管接受了各式各樣的訓練，但接下來才是第一次正式飛行。

「很好，那麼就開始搭乘。步驟跟之前教過的一樣。有不懂的地方要馬上提出來。」

團員們幹勁十足地做出回應，然後各自坐上飛翔騎士。進入開啟的駕駛艙後，首先要進行空降甲冑的連結。

「嗚！之前是有聽說，不過儀表類的裝置也太多了。居然這麼複雜……」

即使是有駕駛幻晶騎士經驗的人，第一次坐上飛翔騎士也會被嚇到。因為飛翔騎士的按鈕、操縱桿和儀器之類的裝置，可是比既有機體多太多了。

這算是銀鳳騎士團所開發的新型機中一個共同的缺點。他們開發了各式各樣的追加機能，但是每增加一項機能，就得增加控制用的機組，所以才會有機能愈強大，操縱系統的難度也愈高的問題。最極端的例子就是伊迦爾卡。不過，多了飛行機組的飛翔騎士，操作起來也有另一方面的難度。

「別慌！照著亞黛爾楚……應該說照海薇教的去做就好了。先稍微增加源素浮揚器的濃度。不要做太大動作，這次只要想著能穩定浮起來就好。」

團員們聽從艾德加的建議而恢復冷靜，然後照著教學內容慢慢拉動操縱桿。源素供給器於是開始運轉，將高濃度乙太注入源素浮揚器裡。不久，機體開始產生浮揚力場，往上浮起。固定在地面的牽引索拉緊了多餘的鋼索。

「好，把牽引索收回來。小心點，一分開機體就會突然浮起來。大家冷靜保持平衡！」

收起牽引索後，脫離枷鎖的機體便自由地往上浮起。實際感受到機體在自己的控制下活動，團員們都忍不住興奮起來。

這次訓練的首要目標，就是要安全地上浮。其中有人雖然在上浮後失去平衡，但也經由反覆的訓練漸漸穩定下來。不過偶爾也有人必須實際動用到甲冑射出裝置。

紫燕騎士團以這場初次飛行為開端，不斷累積他們的飛行經驗。上升的高度也隨著每一次訓練增加，不久便開始使用推進器的機動訓練。這支半人半魚的騎士團拓展行動範圍，提升速度，在空中的動作也益發流暢自如，終於能在空中自由悠游了。

◆

『帶頭轉換成楔形陣……』

艾德加駕駛的飛翔騎士隊長機鰭翼尖端亮起燈光。團員們從燈光閃爍的節奏看出指示，隨即提升速度跟上去。伸展開來的鰭翼乘上氣流，令飛翔騎士輕盈地在風中游動。大家都依照訓練時的方式變換位置，在空中排出『く』字的陣形。

「好，愈來愈像樣了啊。」

強烈的風聲在高空迴旋，稍微有些距離就聽不見聲音了，所以在機體上設置魔導光通信機當作通訊方式。透過魔法現象所產生的燈光閃爍來傳遞信號。

空中的障礙物不多，可是該掌握的信息卻不比在陸地上少。為了在空中戰鬥，他們還得接受更多包括陣形在內的訓練才行。

「還有些不夠純熟。目前也看不出有什麼戰術。但這樣算是表現不錯了吧。」

艾德加身為指導騎士，教官這個角色也愈來愈得心應手，很自然地幫所有人的動作打分數。就在這時，一架席爾斐亞涅從他們的隊伍上空迅速掠過。

「……唉，亞黛爾楚果然厲害。要是她上課時能好好說明就更好了。」

比起他們駕駛的多耶迪亞涅，亞蒂的席爾斐亞涅動作更加靈活，這是大家有目共睹的。如果說他們剛好及格的話，那麼亞蒂就是人機渾然一體，完美地掌握了氣流。

團員們深深為她的駕駛技術所著迷。這個教官平時總是會做出一些難以理解的說明，讓他們傷透腦筋，可是一旦到了天上，任誰也不會懷疑她的實力。團員們忍不住心想，要是她能夠好好說明這些不知該有多好。

「居然可以把那條烈魚控制得那麼好，大概是因為以前開過澤多林布爾的關係，感覺比較接近吧？我們也不能認輸。」

為了追上席爾斐亞涅，艾德加機發出加速的指示燈號，飛翔騎士們也提高速度跟了上去。

◆

在這樣持續進行訓練的某一天。

「艾德加學長、迪學長、海薇學姊，還有大家，都過來集合一下。」

「出了什麼事嗎？」

很久沒露面的艾爾將中隊長們集合起來。他流露出困惑的神色，這麼開口道：

「不是什麼大事……只是陛下告訴我，這樣大張旗鼓地做出空戰特化型機，質疑其實用性的聲浪愈來愈大了。」

「大到陛下不得不介入的地步了嗎？」

迪特里希皺起眉頭。為了成立紫燕騎士團，還特地從全國網羅大量人才，怎麼現在才在談什麼實用性啊？

艾爾苦笑著，但也沒有否定。他接著說：

「或許其中多少也有些真心話，但我想大部分都是藉口。簡單來說，就是大家非常想知道飛翔騎士有多少能耐的意思。」

所有人恍然大悟，同時嘆一口氣。

「因為有很多貴族上表陳情，陛下好像也很困擾，所以命令我們要在近期內做出一些實際成果。」

「……實戰嗎？新人們是稍微有點樣子了，但是我覺得還是稍嫌太早。」

艾德加沉聲道。即使飛翔騎士隊愈來愈熟練，可是模擬戰的次數還太少，無法保證能成為實際戰力。他覺得為時尚早也再自然不過。

「當然。陛下也考慮到這一點了，所以準備了能夠協助我們的舞台。應該會派紫燕騎士團去保護近衛航班，而且還是全副武裝的飛空船，艾德加學長你們也要參加。我們將投入所有空中戰力應戰。」

「哇，搞得這麼盛大。」

中隊長們看一看彼此。他們對空中作戰還不夠瞭解，但是總有一天必須克服這項課題。如果可以集結現有的戰力去挑戰看看也不吃虧。

「既然我們也可以去幫忙，不是很好嗎？我會用小席好好加油！啊，那艾爾要怎麼辦？」

「不只是亞蒂，銀鳳騎士團也會盡可能派出人手。至於我……很遺憾，非常、真的是非常遺憾，這次的主角畢竟是空戰特化型機，沒辦法讓伊迦爾卡同行……」

艾爾握緊顫抖的拳頭，勉強擠出這句話。

「如果真的那麼不甘心，你乾脆直接駕駛飛翔騎士怎麼樣？」

聽到迪特里希敷衍的吐槽，艾爾瞪大了眼。

「那樣所有的獵物都會被我一個人殲滅喔！咦？說不定行得通……不對，我想要展現標準的戰鬥能力，所以我不能去……」

若是讓艾爾來駕駛，不論哪一架機體都能發揮出突破標準規格的性能，飛翔騎士也不例外。他這麼說絕對不是瞎操心。

艾德加想著『團長好歹學會自重了。』這種沒禮貌的事，也順勢點頭應道：

「嗯嗯、我懂了。既然是陛下的命令，我們也只能接受。反正飛翔騎士遲早都得派上戰場。至於駕駛員，就挑幾個素質比較好的人吧。」

「拜託學長了。」

就這樣，在銀鳳騎士團與近衛騎士團的協助下，紫燕騎士團即將面臨他們的首次實戰。

第五十話　紫燕騎士團結成

◆

弗雷梅維拉王國，王都坎庫寧。

都市的周圍是一片從歐比涅山脈的山腳下拓展開來的森林，一道巨大的影子正飛越過森林上空。

那是隸屬於王下近衛騎士團的運輸飛空船。起風裝置產生的風使船帆漲得鼓鼓的，推動船隻在大氣的波浪中強而有力地前行，速度不輸給周圍吹拂的風。

沒多久，船速減慢了。在前方無邊無際、毫無遮蔽的青空中出現了一個黑點。黑點飛翔的速度很快，轉眼間便擴大到不容忽視的地步。

「從正前方來襲！準備好了嗎？奇維拉赫迪隊，展開戰鬥陣形！」

艾德加朝設置在艦橋裡的傳聲筒喊道。他的命令透過揚聲器通到船外，再由靠在船邊的巨大騎士接收。

「瞭解。分離後拉開距離，排好隊形！」

上半身為人型，下半身則有條像魚一樣的尾巴。這群半人半魚的機械騎士和船一起浮在天上。它們是空戰特化型機的幻晶騎士，是由史上第一批完全飛行型的幻晶騎士——『飛翔騎士（多耶迪亞涅）』所組成的紫燕騎士團。

飛翔騎士用牽引索與飛空船連結，一起被帶到這裡來。當牽引索解開船體外側的鉤子，他們便重獲自由。機體裡的源素浮揚器事先就配合船的乙太高度提供所需的乙太，因此在解除固定後，馬上就能乘風游向空中。

飛翔騎士擺動鰭翼，依賴四周的氣流緩慢地前進一段距離後，遠離了飛空船。一確定不會影響到船體，騎操士們立刻啟動魔導噴射推進器。飛翔騎士一口氣提升動力衝出去，在身後留下爆炎的咆哮。其推進力與起風裝置完全無法相提並論，連包覆著鋼鐵鎧甲的巨人騎士也能獲得突飛猛進的加速能力。

這支中隊規模的飛翔騎士一飛到船的前方，就迅速擺出陣形。那是發現有敵人從正面來襲時的迎擊陣形。

「……假定為前方迎擊。奇維拉赫迪隊出動!!」

其中一架擔任指揮官的飛翔騎士，用魔導光通信機不斷向周圍發出指示。

在紫燕騎士團排列陣形的期間，那個異物也一直縮短與他們之間的距離。仔細一看，才發現從正面接近飛空船的物體同樣也是飛翔騎士。只不過，它和保護飛空船的騎士在外觀上有些不同，那是亞蒂駕駛的模型機『席爾斐亞涅』。原來這場戰鬥是把她當成假想敵的戰鬥訓練。

「對歐塔教官完全不必手下留情！拿出訓練的成果，一口氣包圍她！」

帶隊的隊長機稍微突出隊形，手臂指向前方，同時讓魔導光通信機發出閃光訊息。

『楔形陣……夾擊。』

收到隊長指示的隊員們分成每三架機體一組，朝左右兩側散開。從正面接近的席爾斐亞涅只有一架，他們打算利用數量優勢進行包圍。

雙方進入魔導兵裝的射程範圍內後，一口氣發動攻勢。

紫燕騎士團的多耶迪亞涅，開始朝席爾斐亞涅的前進方向發射法擊，試圖阻止它的行動。期間，其他的機體則繼續接近，準備展開空中格鬥。

他們各自做好自己的工作並加強合作，平穩流暢地展開行動。

席爾斐亞涅徹底無視射來的法彈，毫不猶豫地闖進它們的包圍網中。

儘管現在使用的是演習用的低威力法彈，不過被打中還是會產生相當的衝擊力道，至少能夠拖住它的腳步。當然，席爾斐亞涅——亞蒂也不可能待在原處白白挨打。

席爾斐亞涅扭動身體增強勁勢，隨心所欲地控制魔導噴射推進器的推力，有如躍出水面的魚一樣急速上升，然後順勢沿著拋物線落下。

源素浮揚器的性質能夠讓機體維持在一定的高度飄浮，但也沒有時刻停留在相同高度的必要。以比乙太高度為界線，席爾斐亞涅自由自在地翻身騰躍。上升、下降的時候也運用鰭翼做出變化多端的動作。只見它輕鬆鑽過大量的法彈攻擊，然後加快速度朝紫燕騎士團接近。

艾德加望著在艦橋前方展開的模擬戰，向坐在船長席上的人物問：

「您對飛翔騎士和紫燕騎士團有什麼看法呢？」

「唔，真可謂百聞不如一見。原本還懷疑幻晶騎士在空中能不能好好戰鬥……看來也不亞於陸上的機體啊。記得紫燕騎士團應該只收了新人騎士？」

坐在船長席上的人物是這艘飛空船的船長，同時也是近衛騎士團特設飛空船團的隊長。艾德加點點頭，回答他的問題：

「在現場駕駛飛翔騎士的，都是紫燕騎士團中特別優秀的隊員。不用我們來指導，應該也能成為獨當一面的騎士吧。」

「原來如此。天上和地上情況不一樣，包圍攻擊的行動也相當出色……不過真要說起來，完全閃躲過那些攻擊的敵方騎士還比較厲害吧。」

船長認真地盯著至今仍在空中穿梭自如的席爾斐亞涅。

「……只有那架機體的動作明顯不同。要是所有人都有那種水準，就再讓人放心不過了。」

「……她在我們團裡也是屈指可數的好手。平常都和我們一起擔任教官的職務。」

「這樣啊。只能說真不愧是銀鳳騎士團了。」

船長低喃著靠上椅背，視線在艦橋內部掃過一圈。

「話說回來，將飛空船當成補給船的集團戰術，還有協同訓練……真佩服銀鳳的騎士團長閣下想得到如此有趣的點子。」

「不敢當。據團長所說，因為飛翔騎士無法頻繁地起降，所以需要一個配合長時間行動時得以休息的場所。應該趁早開始累積與飛空船合作的經驗。」

艾德加現學現賣地說起事先從本人那裡聽來的解說。飛翔騎士與目前陸上步行的機種不同，光是從機體上下來這個小小的動作，就得費好一番工夫。此外，雖然飛翔騎士具備在空中活動的基本機能，可是居住性不佳，並不適合長時間乘坐。

在決定要進行實戰後，銀鳳騎士團的團長艾爾涅斯帝便這麼建議：既然飛翔騎士原本就設計成護航用的機體，就得先多方嘗試與飛空船本體的合作才行。

「不愧是銀鳳的領袖。不只做出了新機體，還事先看穿其缺點，甚至想出對策。」

當然，這並不完全是艾爾獨創的提案。這個靈感是來自於異世界（地球）的航空母艦與艦載機之間的關係。話是這麼說，不過除了他本人以外，也不會有人知道這種事情。船長對此兀自點頭表示肯定。

「總之，現在的重點是飛翔騎士。光是能瞭解到它們沒有傳聞中那麼不成熟就夠了。在戰場上任何事都有可能發生，為了做好更完善的準備，請繼續加強對他們的訓練。」

「這是當然，我們會盡力提供協助。」

「好，萬事拜託了。」

正當兩人談完，一陣風忽然自飛空船側面颳來。所幸風不是太強，頂多讓船體稍微搖晃了一下。艦橋裡頓時陷入緊張的氣氛中。

他們很快就找出側風的起因。剛才穿過紫燕騎士團砲火的席爾斐亞涅與飛空船擦身而過，這表示迎擊訓練失敗了。

船長手抵著下巴，表情變得嚴峻。

「果然還太嫩了。」

「真是沒面子。得加強鍛鍊才行啊……亞黛爾楚，這可是訓練。明明就告訴她要手下留情了。」

艾德加小聲說出後半句話，一手抵著額頭，仰天長嘆。繞回來與飛空船並行的席爾斐亞涅完全感受不到他們的無奈，仍悠哉地揮著手。

儘管有過這樣的失敗，但為了即將到來的戰鬥，紫燕騎士團之後仍與飛空船進行了好幾次的協同訓練。

◆

結束了基礎的模擬戰訓練後，飛空船回到坎庫寧，紫燕騎士團與飛翔騎士們也各自回到陸地上。模擬戰時，在近衛騎士團的注目之下緊張得要命的團員們終於獲得解放。

「啊啊！又連一發都沒打中歐塔教官！」

「唉～～在近衛騎士團面前搞砸了。教官都不放水。」

「到底怎樣才能飛得那麼自由啊？別說法擊了，甚至沒辦法靠近她。」

團員們紛紛發表各自的感想，而大家最主要談的，果然還是亞蒂這個標靶角色的駕駛技術。很難想像她是用同樣的機體做到那麼靈活的行動。更準確地說，比起前階段的模型機席爾斐亞涅，他們駕駛的多耶迪亞涅理應有更好的性能才對。

「我知道她能夠當教官，很強也是應該的，可是愈努力，感覺就愈追不上她。」

銀鳳騎士團派來的教官每一位都還很年輕。其中的亞黛爾楚・歐塔更幾乎與紫燕騎士團的新人騎士們年紀相仿。儘管如此，雙方的駕駛技術卻有天壤之別。面對一整個中隊的集中攻擊都能夠全數閃過。他們完全無法想像，究竟要有怎麼樣的經歷，才能做出那麼靈活的動作？

這時，其中一人猶豫地開口：

「我說，應該不會因為在模擬戰沒打贏教官，下次實戰就從成員裡被踢掉吧……？」

現場頓時變得鴉雀無聲。即使獲得紫燕騎士團的名號，但他們還只是初出茅廬的新人。想要獨當一面，就不能從實戰的舞台上被拉下來。

擔任部隊長職位的少年，打破令人喘不過氣來的沉默。

「……不，我想不會。就是因為我們被選上了，所以才會進行更高難度的訓練。應該……不會現在才被踢掉。」

這只是近乎祈求的推測，卻足以讓大家安心地嘆口氣。

「對、對啊。可不能因為輸了就這樣消沉下去。只能盡我們所能去做了……」

「沒錯，我們還會飛得更好。再怎麼說，我們都是要駕駛飛翔騎士和魔獸戰鬥嘛。」

「這可是絕無僅有的機會。何況陛下也很期待我們的表現。」

大家不斷說著打氣的話激勵彼此。最後，少年隊長點頭做出結論：

「就是這樣。只要抓住機會表現，我們……一定能夠成為下一代的英雄。」

英雄——這幾年在弗雷梅維拉王國，坐擁這個稱號的一直都是銀鳳騎士團。他們擊敗大大小小、各種各樣來襲的魔獸並守護城鎮；拯救友邦於水火之中；國內配置的幻晶騎士除了少數舊型機以外，更幾乎都引進了他們的技術。

就算飛翔騎士成功了，也不可能馬上追上銀鳳騎士團的功績吧。然而，如果史上第一個飛翔騎士團獲得成功，必定能一舉成名。至少，他們對此深信不疑。

「那就不能再這樣消沉下去了。得趁現在好好進行今天模擬戰的反省與複習。果然是包圍網太鬆散了嗎……」

「不，應該是被她的動作騙了……」

團員們一下子振作起來，匆匆休息過後，就立刻拿出模型開始確認戰術。少年隊長拉法葉・奇維拉赫迪在不遠處看著他們討論的樣子，臉上隱約露出滿意的笑容。

艾德加說的沒錯，與飛空船的協同訓練是為了參加實戰所做的準備。這表示在獲選參加模擬戰的階段，他們就已經是紫燕騎士團中的佼佼者了。

上頭已經決定將紫燕騎士團一個中隊（十架）的多耶迪亞涅投入實戰中亮相。因此挑出排名前十的騎操士，組成這支奇維拉赫迪中隊。其中，技術、冷靜的態度，以及統合眾人的能力最為傑出的拉法葉則被選拔為中隊長。

他出身自弗雷梅維拉王國東部的小貴族，是奇維拉赫迪子爵家的三男。像他們家那樣位階不高的貴族，身為三男的他也不可能靠家產安穩地過一輩子。這個國家的貴族習於將家位傳給長子。雖說有些次子會被當作備胎，但是再往下的順位就得靠自己另謀出路。

拉法葉也與大部分處境相同的人們一樣，選擇最主流的職業，努力磨練騎士技能，並且理所當然地把騎操士當作目標。到這裡，他的故事還沒有什麼稀奇的，特別的是時機。

就在即將研修完騎操士課程的時候，他的眼前出現難得的好機會，那就是歷史上首次登場的飛行型幻晶騎士，與為此要招募新騎操士的告示，附帶招募年輕騎士這樣前所未聞的條件。照理說，這種特殊職務都會從經驗老道的騎士們裡徵選。

在騎操士課程獲得優異成績的拉法葉，在各種幸運的加持下，成功地讓自己的名字出現在名單上。之後，他憑著天資聰穎與自身的努力漸漸嶄露頭角，現在也是率領一個小中隊的身分了。

他還年輕，而紫燕騎士團的體制也尚未完備。以一個騎士團而言還有許多不成熟的部分，然而，根據今後的表現，想要飛黃騰達絕不是夢想。不只他有這樣的野心，在紫燕騎士團團員的心中，或多或少都蘊含著一股年輕氣盛的熱血。在這個不斷創造出新技術的弗雷梅維拉王國，天空仍是充滿未知的領域。如果他們能成功克服這項挑戰，必定能帶來榮耀。

「我們一定要成功。」

聽見拉法葉平靜的低語，團員們用力點頭回應。他們團結一致，氣勢昂揚，為了即將到來的挑戰展開行動。

他們的決心很堅定，但是在那次模擬戰之後，總覺得艾德加的訓練變得更嚴厲了，結果還是讓這些下定決心的紫燕騎士團團員們被操得紛紛發出哀嚎。

◆

時光飛逝，這一天終於到來。在王都坎庫寧近郊的港口，近衛騎士團特設飛空船團的船正嚴謹地進行出航的準備，紫燕騎士團一個中隊的飛翔騎士(多耶迪亞涅)在旁排成一列，另外還看得到從銀鳳騎士團調來的席爾斐亞涅與數架多耶迪亞涅。

艾德加挺起胸膛，對掩飾不住緊張的奇維拉赫迪中隊說：

「就要上戰場了。你們熬過了這麼多艱苦的訓練，現在正是展現成果的時候。」

艾德加以外的銀鳳騎士團團員，正在和近衛騎士們一起檢查機體。不要以為他們很勤奮，他們只是把照顧紫燕騎士團這件麻煩事塞給了艾德加而已。儘管如此，擔任教官一職愈來愈得心應手的艾德加也不太在意，主動接下了這份工作。

「這次戰鬥的主角是飛翔騎士，還有你們。不論是機體或是你們都有可能發生任何問題，所以我們也會同行，在必要時提供協助。」

「是、是!!」

知道有銀鳳騎士團的協助，還是無法讓他們放鬆下來。就算在訓練時做過好幾百次了，但跟實戰不能混為一談。艾德加掃過他們每一個人，微微一笑說：

「放心吧。大部分的魔獸都不會比亞黛爾楚強。」

現場陷入困惑的沉默之中。他們花一點時間才聽懂這是艾德加努力想出來的笑話，也不曉得該怎麼反應，只好露出要笑不笑的微妙表情。艾德加沒把他們的反應放在心上，若無其事地接著開口：

「魔獸每一隻分開來都不是很強，真正可怕的地方在於數量，而這點也同樣適用於你們身上。不管碰到什麼狀況，都不要讓集團優勢消失。要確保整個中隊相互合作，絕不能掉以輕心。」

「是、是的……」

艾德加又激勵隊員的士氣好一會兒後，他們接到準備就緒的通知。

「好。紫燕騎士團，出擊吧。」

「瞭解！」

飛翔騎士圍繞著近衛騎士團的飛空船，飛向蒼穹。這支徒有其名的雛鳥集團，現在終於要振翅高飛了。

◆

飛空船在天空中前行，撕裂在高空流動的強風。

「……差不多快進入魔獸的地盤了。上次光是逃跑就竭盡全力，這次我們可做好了相應的準備。」

船長繃緊神經低語。這裡是他之前帶領定期航班試圖通過時，受到魔獸攻擊而損失慘重的地點。

上回遭遇會飛的魔獸時，裝備法擊戰特化型機的武裝飛空船雖然奮勇抗敵，可惜卻力不從心，落得倉皇敗逃的下場。

這次可就不同了。船艙裡沒有貨物，而是滿載著最先進的飛行型幻晶騎士。

「那麼，就讓我們拜見一下雛鳥們的實力吧。傳令下去！紫燕騎士團準備戰鬥！」

他的命令通過傳聲管，船艙裡一下子充滿噪音。騎操士們跳上幻晶騎士後，立刻催動幻晶騎士的呼吸，讓大量魔力流入巨大的身軀裡。

「要空投飛翔騎士了！所有人離開機體!!」

等到退避的信號發出後，飛空船底部的艙門隨即開啟。還來不及欣賞地面上流逝的景色，支撐多耶迪亞涅的鎖就解開了。部隊馬上往下墜落，被拋到空中。

飛翔騎士沒有持續墜落到地面。它們的源素浮揚器早已存入了一定量的乙太，在稍微落下之後，又被浮揚力場拉回來，開始在空中游動。看見前面空投的機體啟動推進器開始前進後，船員們接著空投下一輪機體。

除了船艙裡的機體，連結在船體外側的飛翔騎士也陸續分離。它們是為了應對緊急情況而在外側待機的人員。

半人半魚的騎士縱身躍入空中，一乘上氣流便與飛空船拉開距離，緊接著從後方吐出噴射氣流，利用反作用力產生推力。飛空船的推力不能與之媲美的空戰特化型機，很快就拋下飛空船衝向前。

「就讓我好好見識見識你們的能耐吧。」

船長瞇起雙眼，望著魔導噴射推進器所留下的熱浪軌跡。

出擊後的奇維拉赫迪中隊瞪著盤據在前方的黑影，迅速擺出陣形。

「前方發現魔獸群！散得很開啊。」

那些一邊嘎嘎大叫，一邊拍打翅膀的巨大怪鳥是『劍舞鳥』。在弗雷梅維拉王國算是較為常見的鳥型決鬥級魔獸。

牠們很快便察覺到有外來者闖進自己的地盤，並顯露出明確的敵意。不管入侵者來自天空還是陸地，牠們絕不能讓這附近的棲息地和獵場被搶走，所以面對入侵者，唯有排除一途。

牠們先是發出一聲尖銳的鳴叫，然後就各自瞄準入侵者衝刺。全身環繞著魔法現象特有的淡淡光輝，奮力振翅，利用空氣操作的魔法不停加速。

在這個世界上，幻晶騎士與魔獸之間的第一場空戰正式揭開了序幕。

「就跟教官講的一樣，魔獸的數目真多啊。」

拉法葉試著計算映在幻象投影機上的魔獸數量，但是中途就放棄了。劍舞鳥群的規模大概比一個中隊的紫燕騎士團多了五倍以上。光看數量的話，紫燕騎士團處於壓倒性的劣勢。

「不過，牠們沒有能夠成群結隊以上的智力。換成法擊陣形。」

拉法葉點亮魔導光通信機，向友機發出指示，奇維拉赫迪中隊隨即迅速改變陣形。相對的，魔獸除了稍微集中群體以外，就沒有其他戰術性動作了。

在對抗魔獸時，幻晶騎士的性能是很重要，但騎士們所採取的戰術行動更是影響勝負的關鍵。選擇適當的陣形與位置，就能讓騎士的攻擊達到事半功倍的效果。

「小心別被包圍，從外側削減數量！別讓牠們輕易靠近。準備魔導兵裝！」

中隊跟隨隊長拉法葉的機體，改變前進方向。他們沒有直接闖進劍舞鳥群的中心，而是繞到外側，然後將各自的魔導兵裝對準鳥群。

魔導兵裝的前端發出淡淡的光芒，接連不斷地射出法彈。蘊含爆炎的橙色法彈劃出燒灼的軌道橫空飛去，接著直接命中試圖衝向奇維拉赫迪中隊的劍舞鳥們，在空中炸出燦爛的火光。

法擊一波接一波，又有好幾隻劍舞鳥被打得粉身碎骨，可是劍舞鳥們也不是只乖乖挨打。牠們利用天生的敏捷優勢在空中飛來竄去，躲過攻擊並開始接近。

「動作真快。光靠法擊打不完啊……不過，我們的武器也不是只有這一種。準備騎槍突刺！換成楔形陣一舉突破!!」

飛翔騎士們再次變換位置，組成『く』字陣形，然後將衝鋒目標瞄準魔獸群的正中央，開始加速。魔導噴射推進器的推力驟然提升，使飛翔騎士一口氣完成加速。

說到使用近距離武器進行格鬥戰時，在空中與在地面上有何不同？沒有抵銷攻擊反作用力的地面支撐，這點就足以說明一切了。如同字面上的意思，在空中完全沒有立足點。因此，想在格鬥中產生足夠的威力，就必須有一定以上的勁勢。飛翔騎士這樣的金屬鐵塊非常沉重，只要加速到一定程度，在空中的衝撞應該不至於敗下陣來。

有如箭矢般破空而去的飛翔騎士，用手中又長又大的騎槍在劍舞鳥群中央開一個大洞。展開雙翅的鳥身看似巨大，其實劍舞鳥身形輕巧纖細，只要挨了長槍一擊就會被一分為二。牠們柔弱的身軀阻止不了騎士的突進。

來到鳥群另一側的奇維拉赫迪中隊沒有減緩速度，持續前進好一會兒，等稍微拉開距離後，才繞一大圈轉回來。

「很好……行得通！削減不少數量了！」

看見鳥群被挖空一部分，拉法葉在歡呼的同時也鞏固了信心。就算劍舞鳥擅長利用強化魔法進行衝刺攻擊，也比不過同樣使用強化魔法衝鋒的鋼鐵騎士。

陸上的魔獸不具有飛行能力，卻有頑強的體魄與凶惡的殺傷力。相對的，飛行魔獸雖然較為敏捷，卻缺乏持久力。

遭受痛擊的劍舞鳥群在此時突然改變行動。剛才集中在一起的鳥群向四面八方分散開來，向大範圍展開後，便將奇維拉赫迪中隊包圍起來，準備殺到他們眼前。集中在一起就會被一網打盡。看來魔獸好歹也有能夠理解這點的智力。

「這下就不能將牠們一舉殲滅了。既然如此，我們也有相應的戰法。將牠們各個擊破！依小隊分散！」

從單體的戰鬥能力來看，飛翔騎士占有壓倒性的優勢，所以就算會因此分散戰力，也不至於屈居下風。重新分成幾個小隊的飛翔騎士紛紛開始加速，迎擊直撲而來的劍舞鳥。

當一部分的鳥群與飛翔騎士展開空戰時，其他鳥群則開始不斷提升高度。劍舞鳥之所以能停留在空中靠的並不是乙太的作用力，而是拍打翅膀產生的升力。相較於利用源素浮揚器而只能停留在一定高度的飛翔騎士，劍舞鳥可以更自由地改變高度。

振翅飛到飛翔騎士頭上的劍舞鳥突然收起翅膀，直接進入俯衝狀態。強化魔法的力量暴增，牠們將身體化為一把銳利的長槍。這是劍舞鳥擅長的攻擊方式。

飛翔騎士除了不擅長應對來自正上方的攻擊以外，還有另一項弱點，就是來自不同高度的攻擊。源素浮揚器產生的浮力無法快速地改變高度，所以無法與不同高度的對手進行格鬥戰。飛翔騎士們也注意到了在頭上飛舞的敵影。不過，就算敵人瞄準自己俯衝直下，他們也沒有慌了手腳。

「被繞到頭上確實非常不利，可是既然知道會發生這樣的情況，怎麼可能毫無準備！」

拉法葉按下設置在操縱桿附近的按鈕，啟動某項武器。加裝在多耶迪亞涅下半身的小型連發投槍器轉向正上方，打開蓋子，裡頭露出尖銳的槍尖。

「上吧，嚐嚐這招『魔導短槍』！」

魔導短槍噴出猛烈的火焰，從小型連發投槍器飛射而出。這是直接將魔導飛槍縮短而製成的武器，一樣用銀線神經與本體連結並獲得魔力，也可以透過魔法術式操縱。其最大的特點是質量經過減輕，而且依然不減其推力，能在短時間內實現猛烈加速。這正是為了在空中作戰中發揮效果所進行的改造。

短槍直衝而上，精準貫穿一直線往下俯衝的魔獸。就算是劍舞鳥，也沒有敏捷到能躲開『真正的』長槍從正面而來的直擊，頭部因此被擊飛出去。劍舞鳥自然是當場死亡，失去平衡後搖搖晃晃墜落大地。

「成功了！命中啦，而且還是一擊斃命，這武器真是太強了！不過，沒想到短槍這麼難控制。根本沒辦法一邊移動一邊射擊……」

對經驗尚淺的年輕騎士來說，魔導飛槍系列的操作本來就極其困難。很容易因為太專注於控制飛槍，就忽略本體的動作，無法同時顧及兩方面。不過，剛才的攻擊正好展現出其殺手鐧的價值。

擊墜上方的魔獸讓拉法葉鬆口氣，但這也產生了一瞬間的破綻。劍舞鳥的突襲並不只有一次，還有一隻躲在先發的後方。

等他注意到的時候，攻擊已近在眼前。

「什、可惡……！」

現在開始加速也躲不開了。拉法葉架起盾牌，試圖做最低限度的抵抗。劍舞鳥則朝盾牌猛衝而來。

——就在這時，一架騎士從後方撕裂大氣，闖入他們之間的空隙。

騎士的騎槍尖端正好捕捉到俯衝而下的劍舞鳥。挨了橫掃而來的重重一擊，劍舞鳥慘遭擊飛。斷然執行突刺的騎士繼續飛行一段距離後，慢慢減速，又掉頭繞回拉法葉身邊。

「你可以為戰果感到高興，但是太大意了。敵人可不是只有一隻。何況你還是中隊長，要把視野放得更遠。現在戰力太分散了，趕快重整隊形。」

「……布蘭雪教官！是、是的，非常抱歉！」

艾德加機確認他沒事後，就留下建議，飛身離開了。拉法葉也隨即回到混戰之中。

他用魔導光通信機將中隊重新集合起來。待重新組好陣形後，奇維拉赫迪中隊便團結起來，再次展開攻勢。

之後，紫燕騎士團也一直占有優勢。雖然幾度場面危急，幸好每次都有艾德加前往助陣，他們沒受到什麼太大的損傷。最後以紫燕騎士團壓倒性的勝利結束這場戰鬥。

空戰特化型機與法擊戰特化型機不同，在空中得以選擇遠距離或近距離攻擊。單獨一架機體就擁有極高的戰鬥力。只要是在空中，甚至足以同時對付好幾隻決鬥級魔獸。

船長嚴肅地盤起雙臂，從後方望著因為勝利而士氣大振的紫燕騎士團。

「真是太驚人了。看來時代要改變了。未來稱霸天空的人，就能稱霸世界。屬於飛翔騎士的時代肯定會到來……我們能夠走在最前頭，究竟是不是僥倖呢？」

他用認真的眼神凝視著在天空飛舞的騎士們，彷彿想從中看出什麼一般。

◆

飛空船與飛翔騎士獲勝返回王都，向國王報告首戰的勝利。空戰特化型機用勝利證明了自己的實用性，並鞏固了其地位。

儘管建造所需的費用龐大而沒辦法馬上量產，但是之後也將與飛空船一同慢慢增加數量。飛翔騎士與飛空船互相合作，不斷拓展活躍的舞台，在王國內也逐漸闖出一番名號。

在這樣的背景之下，紫燕騎士團的發展也開始影響作為其本體的銀鳳騎士團。

第五十一話　銀鳳騎士團的選擇

紫燕騎士團與魔獸交戰的結果，很快就傳遍弗雷梅維拉王國。

自從飛空船登場以來，天上發生的事件原本就飽受注目，空戰特化型機的登場與成功又帶來另一波衝擊，勾起國民更深的興趣。

飛空船的運用原本因為魔獸的存在而留有疑慮，也許從此將發生戲劇性的改變。

在這樣一下子變得手忙腳亂的情況下，身處漩渦中心的紫燕騎士團自然也閒不下來。一開始以引進空戰特化型機為優先，延後集團體制的確立，此時終於也到了正式進行組織編制的時候。紫燕騎士團將會增加包括新任騎士團長在內的幾名幹部級人員。

「已經從近衛騎士團裡派出和飛空船有關的人進入紫燕騎士團。以後就由他們負責管理飛翔騎士。」

「這樣紫燕騎士團就能正式獨立行動。天空也成為幻晶騎士活躍的舞台……真是太棒了。」

被選作紫燕騎士團第一代騎士團長的，是原本統領近衛騎士團特設飛空船團的人物，也就是上次戰鬥中，擔任飛空船船長的『托爾斯帝・科斯坎薩羅』。

在那場戰鬥之後，飛翔騎士與飛空船又做了好幾次合作行動訓練。這兩者既能夠彌補彼此的缺點，也能夠增強對方優點。現在已經漸漸累積起運用的經驗，其可用性也是眾人有目共睹的。由熟悉飛空船運作的人來帶領紫燕騎士團，可以說是某種必然的結果。

「和飛空船的合作正要邁向下一個階段。想必今後還會增設更多相同形式的騎士團。」

「紫燕騎士團應該能成為這種組織型態的模範吧。」

除了補充幹部級成員之外，其他人事則全部照舊。雖然目前奇維拉赫迪中隊就是空戰的所有戰力了，但能想見將來會繼續擴充。

「增建飛空船的計畫和原來一樣，不過接下來也得增加飛翔騎士的數量才行。這段期間要辛苦騎操鍛造師(你們)了。」

「瞭解，這也是我們的榮幸。」

換個角度來看，紫燕騎士團的獨立，意味著過去由近衛騎士團獨占的飛空船，將會分散到另一個獨立集團，而且勢必會出現想要仿效的人。飛空船與飛翔騎士的數量仍極為稀少。因此，培育擁有相關技術的鍛造師也成為當務之急。

「請放心。為此我們也派出團裡的老大去幫忙了。」

銀鳳騎士團的老大，也就是『達維・霍普肯』，他將帶著幾名部下前往國立機操開發研究工房。不論是飛空船還是飛翔騎士，都不是一介貴族能夠自行承擔的資產，由國家主導才是最好的形式。

老大是現今少數同時精通飛空船和飛翔騎士相關技術的人才，重要性僅次於艾爾涅斯帝。他將親自前往國機研，傳授技術給現場的鍛造師，而雙方進行交流的結果，將會進一步提升多耶迪亞涅的完成度，朝制式量產機的目標更進一步。支持飛翔騎士量產化的體制正逐漸成形。

「期待大家的表現。另外，朕這邊也得好好談談了。」

在舉國矚目之下，國內所有的貴族都接到國王里奧塔莫思的詔令，命他們前來王都舉行一場大型會議，而議題自然不言而喻。一接到詔令，各地的貴族都爭相前往王都坎庫寧。

「想必諸位已有所耳聞，銀鳳騎士團從西方帶回了飛空船相關的全新技術，並且利用這項技術研發出飛翔騎士……在此，將討論如何運用這兩者的相關議題。」

里奧塔莫思嚴肅地宣告會議開始，而他接下來的發言，則在貴族之間掀起軒然大波。在國王方提出的草案中，對飛空船與飛翔騎士的運用有著極為嚴苛的規範。

首先，光是在持有的階段就列有相當詳細的規定。依照身家與擁有的騎士團規模不同，對數量上限都有其限制；運用方面的規範就更為嚴苛了。飛空船可以運用的航路基本上都是固定的。一旦偏離航線，就會受到嚴厲的處罰，而空戰特化型機的配置也有相同繁瑣的規定。

即使內容極為慎重，但到了會議結束後也沒有做出太多變更，直接拍板定案了。天空這片領域的自由度實在太高，飛翔騎士的價值也與現存的幻晶騎士有所不同。雖說不可能錯過這股潮流，但也不能因為貪快而招致危險。貴族們似乎也有這樣的共識，因此選擇了平穩的開頭。

出人意料的是，除去時間拖得相當長這點，相較於一開始緊繃的氣氛，會議進行得意外地順利。

「……飛空船的建造與空戰特化型機的配置許可，現在已經人人爭相申請了。」

沒有人不想要這兩者。各貴族的『航線』設定是會議中最花時間的議題，接著才逐一決定獲得飛空船與飛翔騎士的順序等細項。

這個時期作為大航空時代的前夜。為了迎接黎明的到來，正如火如荼地進行準備。

◆

變化的浪潮造訪弗雷梅維拉王國，平等地影響了所有人。沒錯，就連掀起這波浪潮的銀鳳騎士團也不例外。

艾爾涅斯帝來到雪勒貝爾城。在進行有關運用飛空船和飛翔騎士的會議期間，他屢次受到國王傳喚，對各種相關問題提出建議。只要是為了推廣他所創造的（半）人型兵器，不論需要任何協助，艾爾都在所不辭。

儘管會議持續了好幾天，里奧塔莫思臉上卻沒有露出一絲疲態，他對總是充滿活力的少年說：

「艾爾涅斯帝，看來你們建造的飛翔騎士將會順利配置到全國各地。不過，這事暫且不提，今天要談的是銀鳳騎士團的騎士。」

聽見與平時不太一樣的開場白，艾爾不解地偏著頭。

「你身邊有幾位帶領中隊的人物吧？」

「陛下是指艾德加學長、迪特里希學長和海薇學姊吧。他們怎麼了嗎？」

艾爾所創造的幻晶騎士經常出現在話題中，但很少談及騎士團本身。聽見艾爾的回應，里奧塔莫思沉吟一聲，稍微停頓後說道：

「飛空船和飛翔騎士非常搶手。一旦起了個頭，就會發展得愈來愈快……但是，為了踏出這第一步，還有許多問題尚待解決。其中之一就是培養騎操士。飛翔騎士的駕駛技術與過去完全不同，所以需要能夠指導的人才。」

第五十一話　銀鳳騎士團的選擇

艾爾推測出話題走向，附和著說：
「原來如此。陛下的意思是，那三個人被選上了。」
「正是如此。簡單來說，是和紫燕騎士團那時候的情況相同。此外……」
里奧塔莫思的話還有後續，而且可以說接下來才是正題。
「艾爾涅斯帝，你有意讓那三個人另立門戶嗎？」
聽見這意料之外的提案，艾爾忍不住眨眨眼。他沉默地思考片刻，然後緩緩開口：
「可是，陛下，銀鳳騎士團成立的時候，將他們編入團裡是有原因的。」
「嗯。朕已經向父親問過事情原委。不過，艾爾涅斯帝，現在的情況與當時可是大大不同啊。」
國王心裡似乎早已有定論，委婉地繼續遊說：
「現在和數年前不同，舉國上下找不到任何一人敢看輕你。不如說正好相反。朕也明白你們一同闖盪至今，會感到眷戀也是人之常情，但是他們也和你一樣，從過去的經驗中得到大幅的成長。更重要的是，他們並非屈就於一介騎士的人才。」
艾爾微微瞇起眼，仔細思考國王的話中之意。
銀鳳騎士團自從成立以來，擁有多次與窮凶惡極的魔獸交手的經驗，甚至跑去鄰國的戰爭中湊一腳。因此經歷的戰鬥次數和質量在國內自然也是首屈一指。

見識過各種大場面，銀鳳騎士團已經稱得上是身經百戰的軍事集團了。尤其是率領各中隊的三人，本身既是優秀的騎操士，連部隊指揮、適應新技術的能力也相當出色，皆是令人生畏的新生代人才。因為在艾爾涅斯帝這個本身就很不合理的騎士團長手下工作，銀鳳騎士團的人都有點磨練過度了。

「飛翔騎士的登場將為我國帶來空前的巨大變革。優秀的騎士再多都嫌不夠，特別是熟知飛翔騎士的人才。」

雖然每一句話艾爾都聽進去了，但是他難得陷入沉思，回答起來也心不在焉。

「當然，朕會安排好繼任者，確保不會影響到銀鳳騎士團的活動……這並非強制，但是否能夠考慮考慮？」

「……臣明白了。臣得先與當事人談談。若是他們有意離開，屆時……」

艾爾像是做出某些決定，點頭答應國王的提議。

◆

當艾爾與國王討論著銀鳳騎士團的將來，幾乎是在同一時間，奧維西要塞來了幾位訪客。

他們沒有穿鎧甲，可是從那身端整合宜的裝束以及言行舉止看來，都讓人感受到高尚的品味。他們還帶來幾封印有貴族家紋的介紹信，足以替其身分擔保——只有一點非常奇怪。

「……聽說要找的人是我們。不是騎士團長嗎？」

他們請求會面的居然是艾德加、迪特里希以及海薇三位中隊長。於是，中隊長們就在奧維西要塞的會議室兼會客室裡接見訪客。

「是的，是找布蘭雪先生、庫尼茲先生和奧柏里小姐三位沒錯。我是接受各地騎士團的相關人員，或者是擁有爵位的人士委託，居中進行協調的人。」

一名男性代表來客娓娓道來：

「三位在現今眾所矚目的銀鳳騎士團中帶領中隊，你們的活躍事蹟早已舉國皆知，我們也曾數度耳聞。因此，這次前來……是想請問三位是否有更換職場的意願。根據這件事的進展……我方為三位各自準備了騎士團長的位置。」

三人花一點時間才做出反應。迪特里希維持挑起一邊眉毛的表情停止了動作，就連艾德加也沒辦法馬上理解對方的意思。海薇則是頻頻關注著坐在隔壁的艾德加的動向。銀鳳騎士團一向將異常視為理所當然，但這樣的話題仍可說是非常跳躍。

「您、您這樣說也太突然了，而且我們只擔任過中隊長，現在突然要給我們一個騎士團……」

見三人掩飾不住疑惑的樣子，男子誇張地點點頭，接著說：

「三位似乎不太瞭解自己的風評，也難怪會感到困惑。請容我先解釋清楚。如果是普通的騎士團，這樣的條件或許有點勉強，但三位所屬的銀鳳騎士團情況不同。看看過去累積至今的功勳，讓各位中隊長們帶領騎士團絕非不可能之事。」

艾德加平時就很嚴肅的表情，因為緊繃的緣故又增加五成凶惡度，但男子看似不為所動。

「銀鳳騎士團確實建立了許多功績，但這一切全都得歸功於騎士團長閣下的活躍。」

「這我明白。說起埃切貝里亞團長閣下，那可是立下許多卓越功績的傳奇人物。不過，那也是由各位的努力付出一同撐起，這些絕不能被外人否認。」

男子露出溫和的笑容，稍微停頓一下，等艾德加他們的思考跟上。

「正因為擁有相應的實力，才能夠跟隨團長閣下一路奮鬥至今，而且聽說三位都擁有各自專用的幻晶騎士。說起來，專用機體在多數騎士團裡本來就只有團長能夠擁有。雖說在銀鳳騎士團裡是一個中隊，但考慮到其特殊性，實際上卻足可匹敵一個騎士團。」

三人面面相覷，有些意外地眨眨眼。自從銀鳳騎士團成立以來，跟隨宛如脫韁野馬的騎士團長四處奔波，使他們幾乎沒有餘力回顧過去。他們和旁人的認知確實有相當大的差距。

「只要是對局勢稍微瞭解的人，都聽過創造出最新型幻晶騎士的銀鳳騎士團的顯赫威名，而在其中帶領中隊，前往各地立下彪炳戰功的三位，更是所有年輕人希望的象徵。不，應該說是羨慕的目標。」

「這真是……想都沒想過啊。」

聽見這個藏於盲點中的事實，三人臉上現出動搖的神色。男子乘勢接著說：

「年紀輕輕就能贏得如此評價，靠的完全就是三位的才能。因此，我們認為三位不應滿足於中隊長的身分。」

「您的意思是，要我們脫離銀鳳騎士團？」

「這並非強制。我只不過是提供選擇的仲介人罷了。看來三位似乎不是很清楚自己的價值，所以容我在此說明。至於聽過以上說明後，不論三位做出怎麼樣的決定都沒有問題。」

見三人的態度不像剛開始一樣充滿疑惑，而開始認真思考他們的提案，男子總算滿意了。他已經圓滿達成來到這裡的使命。

「如同我一開始所說的，如果有意改變任職單位，我方已經準備好優渥的條件。就我來看，憑三位的實力就算率領一、兩個騎士團也不意外。將我們引介至此的貴族們也一樣，大家都想要優秀的人才。」

「……請讓我們和團長商量一下。」

「這是當然。請好好考慮。要是有了答案，請聯絡這裡。我們會馬上安排雙方見面事宜。」

說到這裡，男子站起來，留下聯絡方式，並恭敬地行一禮後就離開了。

艾德加、迪特里希和海薇還沒有從剛才對話的衝擊中恢復過來，仍留在會客室裡。與極為苦惱的艾德加不同，迪特里希沒多久就深深吐出一口氣，喀喀地扭動脖子說：

「唔唔，原來是這樣。老實說還真沒想到。不過，冷靜一想就會發現，我們的確做了不少大事。」

「……那樣的評價就心存感激地收下了。話說回來，離開銀鳳騎士團這種事我還真沒想過。」

「我們一起組成騎士團，待在這裡已經習慣成自然了嘛。」

也許是暫時得出結論了，艾德加抬起頭來說：

「銀鳳騎士團的成立雖說是形勢所趨，但主要還是為了艾爾涅斯帝……當時是這樣沒錯，而且對那時的我們來說，也不能讓事情就此結束，所以和厄爾坎伯、迪、海薇、老大……還有大家一起挺身而出。」

「可是，其中一項約定……目的已經達成了吧？」

「……是啊。」

他們在遙遠的克沙佩加了結那段因緣。那個奪走他們的模型機(特列斯塔爾)的仇敵已經不在世上了。

再說，艾爾涅斯帝也不需要銀鳳騎士團繼續維持原樣了。他累積至今的地位無人可動搖，在某方面甚至擁有與國王相當的獨特地位。上次的戰爭更將他的影響力延伸到弗雷梅維拉王國之外。就算這時候加入新面孔，也不會有人看輕現在的艾爾。雖然可能會造成別的問題——

「如果飛翔騎士繼續增加，銀鳳騎士團也漸漸改變……那這裡還需要我們嗎？」

第一次想到這件事的艾德加睜大雙眼。聽見他像是提問的獨白，海薇一語不發，迪特里希則是聳聳肩說：

「誰知道？不過只要待在這裡，就一定會和團長（艾爾涅斯帝）的新技術扯上關係。我原本就是因為這樣才加入的，而且，我希望能繼續跟隨他。到其他地方當騎士團長是很吸引人啦……但是，我大概不適合照顧超過一個中隊規模的大團體吧。」

迪特里希似乎已經做出決定，無事一身輕地打算離開會客室。艾德加忍不住向他搭話。

「你已經決定好自己的路了？那……」

「艾德加，別管我怎麼想，也不用太在意第一中隊。你只要問你自己心裡的想法。」

「迪，我……」

迪特里希不等他說完，一腳已經踏出房間，又說：

「不管做出什麼選擇，就是不要止步不前。」

艾德加坐在椅子上，怔怔望著迪特里希關上的門。接著，海薇也起身離開位子。

「……海薇。」

「不行——這是你該自己思考的事情，艾德加。沒有人能幫你決定，也不能讓別人替你決定。」

她輕輕彈了艾德加的額頭後，便揮揮手離開房間。之後，艾德加留在會議室裡沉思許久。

◆

艾爾一回到奧維西要塞，就馬上找來三位中隊長。在他開口之前，迪特里希先告訴他白天有訪客的事情。

「……這樣啊。他們動作真快。」

「看樣子，你果然也已經聽說這件事了？」

艾爾露出曖昧的表情，回答說：

「我有聽說，但其實也是剛剛才聽說的。順序先後有點微妙。只能說巧妙地避免了越級交涉吧。」

比起沉吟著盤起雙臂的艾爾，站在他身後的亞黛爾楚反而因為是第一次聽說，震驚地瞪大雙眼，僵在原地。

「所以呢？你們有什麼想法？」

「想法啊。這個……只要看到你，就會讓人很不想率領一整個騎士團。」

「咦？怎麼聽起來好像是我的錯……？」

迪特里希忍不住輕笑出聲。

「哎，我還是維持現在中隊長的身分比較輕鬆。還是說，我離開也沒關係？」

「嗯——難得一起打拚到現在，要分開也很捨不得呢。」

「就、就是說呀！根本不必離開嘛！那樣太……」

「可是……」

回過神的亞蒂連忙開口，但是艾爾卻打斷她，接著說：

「率領騎士團對騎士或騎操士來說是最高的榮譽。我實在找不出理由叫你們放棄這個機會。」

亞蒂不禁闔上張開到一半的嘴巴。連迪特里希、艾德加和海薇也都猶豫地遲遲未開口，因為艾爾的表情極為認真，就好像面對幻晶騎士時一樣，不，可能不只如此。

「所以請好好考慮，找出你們自己的答案。如果學長姊們打從心底如此希望，我一定會支持到底。」

三位中隊長懾於他的氣勢，都板起臉來點頭回應。見狀，艾爾便結束對話，轉身離開。亞蒂慌忙追在他身後。

「艾爾！那三個人走了真的好嗎!?」

她實在不認為艾爾會支持學長姊們離開。銀鳳騎士團的成立雖然是形勢所趨，但大家也是同甘共苦至今的夥伴。她深信大家以後也會一直待在一起，卻沒想到身為騎士團長的艾爾會贊成學長姊們離開。

「如果他們由衷希望。」

「可是……！」

「亞蒂。」

艾爾靜靜地直視亞蒂的雙眼。在一本正經的艾爾面前，亞蒂又不得不閉上嘴。

「人的一生轉眼即逝。有生之年如果有機會完成願望，又或者有想追求的事物，就不該迷惘、躊躇、更不應該停下腳步。無論如何，都必須先抓住機會。就算會失去什麼，也得等到抓住了機會再煩惱。」

果敢決斷，這就是一直推動著艾爾全力前進的理論（邏輯）。他始終身體力行地證明。從誕生到這個世界上的那一刻開始，他就是個煞車失靈的異常存在。

「就算他們離開銀鳳騎士團，也不表示會突然變成陌生人。所以，最重要的是他們自己真正想要什麼。」

亞蒂好像還是不能接受的樣子，但也想不出理由足以說服現在的艾爾，只能無可奈何地把眼前的他緊緊抱在懷中。艾爾輕輕摸一摸她的頭說：

「要是留下遺憾死去，又沒有來世的話，一定會迷失目標，徬徨不知所措。」

他最後的低語在這世上恐怕沒有人能夠理解，完全是他個人的理由。

◆

當舉國上下處於人心浮躁的狂熱氣氛中，只有時間仍不停流逝。

飛空船已經在弗雷梅維拉王國某些地區的航線正式啟用，因此得以用過去遠不能及的速度載送人與貨物，其便利性令人們大為吃驚，很快就變得無法不依賴它。

事情就發生在此時——

「前往博庫斯大樹海的調查飛行……嗎？」

「沒錯。雖然航線漸漸穩定下來，眾人對飛翔騎士的期待卻是與日俱增。期望它發揮最大的成效，成為一個跳板……前進至今無人敢踏足的博庫斯大樹海。」

艾爾一看見迎接他的里奧塔莫思露出煩心的表情，就做好又有麻煩事找上門的心理準備了。但是，他萬萬沒想到，國王提出的要求遠超乎意料。

「陛下的意思不光是調查那麼簡單吧？」

「正是如此。『森伐遠征軍』的成立恐怕勢在必行。當我國得到飛空船的時候，朕就在想一定會有人提出這樣的意見……實際上也是如此。」

——『森伐遠征軍』。

這起極為重大的歷史事件，同時也是弗雷梅維拉王國成立的契機，是人類過去在世上創造出幻晶騎士，並藉其力量稱霸澤特蘭德大陸西側（現在的西方諸國）之後所發生的事。

當時的人類趁勝追擊，越過歐比涅山地，繼續朝大陸東部挺進。然而大陸東部，尤其是現在被稱為博庫斯大樹海的深處潛伏許多強大無比的魔獸，即使靠幻晶騎士的力量仍無法攻下。

人類雖然倉皇敗逃，但為了多少留下一些戰果，因此在歐比涅山地的山腳下建立了一個國家。這個國家最後發展成現在的弗雷梅維拉王國。

歷經長久的歲月，西方諸國進入安定繁榮的時代。弗雷梅維拉王國也不曾遭到毀滅，但還是漸漸改變原本的性質。分成像現在這般遺忘魔獸存在的諸國，以及阻擋魔獸的國家。

即使是這樣重大的歷史事件，卻因為當時太過混亂，沒有留下什麼關於『森伐遠征軍』的詳細記錄。唯一可以肯定的是，遠征軍遇上了足以匹敵陸皇龜（貝西摩）的超級魔獸，甚至傳說兵力多達數百架幻晶騎士的軍隊遭受毀滅性的打擊。

基於上述原因，想循著前人的足跡取道陸路幾乎是不可能的。要不是出現了開拓天空領域的飛空船和飛翔騎士這些技術革新，也絕對不會有人如此提議吧。

「飛空船和飛翔騎士確實有很多優點。不過，臣以為有些太過急躁了。」

「飛空船是很強力的移動手段，再加上有了飛翔騎士，如今在天上的旅途也令人安心許多，也縮短了南來北往的距離。此外……這也是因為你們創造的新型機（卡迪托雷）的影響。近來在抵抗魔獸來襲時，比起過去輕鬆得多。說穿了，就是有了餘裕。」

「因此將眼光轉向了外側啊。」

說是『外側』，歐比涅山地以西已經被西方諸國占據。那麼，目標當然就只有尚未開發的博庫斯大樹海。

「也就是說，還要讓銀鳳騎士團背負這項使命嗎？」

「別想成是抽到下下籤。你們的表現……已經超乎期待太多。」

就算是領地鄰近博庫斯大樹海的貴族們，目前也只掌握到樹海淺層的情報。距離昔日的森伐遠征已經過去好幾百年，誰也不知道在大樹海深處到底有什麼樣的妖魔鬼怪。假如貿然出手，引出像陸皇龜那樣凶惡的魔獸就得不償失了。

也因此，人們無法輕率地踏入博庫斯大樹海。貴族們對此皆達成一定的共識。他們畢竟是代代思考著如何抵禦魔獸的一群人。不夠慎重的人，不可能留在那個位置。弗雷梅維拉王國的貴族不同於他國的掌權者，意外擁有很強烈的連帶意識和夥伴意識。這應該可以說是隨時與魔獸這種致命災害為伍所造就的風氣吧？

在這樣的背景下，他們一同向國王陳情。如此重大的事件，理應由貴族與人民的領袖，也就是國王出面主導。在這個國家，強出頭並非明智之舉，而從陳情的內容來看，可以清楚看出他們的意圖。

就是要投入某個足以應付任何困難狀況的騎士團。

如果是銀鳳騎士團——是艾爾涅斯帝的話，一定有辦法克服任何難關。不知是幸或不幸，他也的確擁有不負期待的實績和能力。

「說起來，現在這個國家裡除了你們以外，就沒有人能夠承受長距離調查飛行了。剛才報告的這個『飛翼母船』……這也是展現其力量的好機會啊。」

艾爾開始評估勝算。以運用飛翔騎士為前提所建造的大型船——飛翼母船，要如何發揮它最大的功能？

「……既然如此，臣希望能借用紫燕騎士團的戰力。」

「嗯，他們嗎？他們已經熟悉飛翔騎士，而且也漸漸提高熟練度了，不過……」

聽到艾爾思考片刻後抬起頭這麼說，國王感到有些意外。

「銀鳳騎士團雖然有一支飛翔騎士中隊……但主力多半是陸戰用的機體，而且還有上次的事情，希望現在能給大家一些思考的時間。所以，臣希望能夠請紫燕騎士團提供飛翔騎士的戰力，我方則派出飛翼母船和我的伊迦爾卡。」

「……既然你這麼說，好吧。目前擁有最多飛翔騎士的確實是紫燕騎士團。那麼，就由朕來通知他們。」

即使是銀鳳騎士團，要降落到充滿危險和魔獸的博庫斯大樹海，也只能說是有勇無謀的行為。也因此，戰力免不了地就會偏重於飛空船和飛翔騎士。

「還有……要出動飛翼母船的話，也得拜託老大他們才行。」

接著，艾爾為了向巨大飛空船的『船長』進行說明，開始整理目前已知的資訊。

就這樣，人類如今將再次探訪博庫斯大樹海。前方究竟有著什麼樣的困難在等著艾爾涅斯帝和紫燕騎士團？無論如何，他們都只能做好萬全的準備，以期能夠應對所有未知的威脅。

第十二章

第二次森伐遠征軍篇

第五十二話　先遣調查船團出發

那天，王都坎庫寧的居民全都抬起頭仰望天空。

天色微陰，有個巨大的存在又遮住了僅存的陽光，在街上投下巨大的影子，悠然地橫空而過。那是一艘飛空船。這種翱翔天際的船最近使得王國熱鬧起來。因為配置在國王直屬的近衛騎士團之下，所以王都的居民也漸漸習慣了。

他們還會像這樣愣愣地抬頭望天，是因為這艘船超過一般飛空船的大小。能夠載送幻晶騎士的飛空船，體積原本就相當巨大，但是像眼前這艘飛空船一樣，比起近衛騎士團或紫燕騎士團的運輸型飛空船還要大上一倍的話，就會讓人忍不住懷疑製造者的精神狀態了。可是，它卻真實存在於眼前，而且正緩緩越過王都的上空。

「多麼……巨大啊。到底是哪個騎士團的……？」

人們脫口而出的疑問，很快就有了解答。在船體左右揚起翅膀一般的層層船帆，上面大大地描繪著弗雷梅維拉王國的紋章，以及一隻展翅的銀色鳳凰。

「……那就是銀鳳騎士團的飛翼母船。雖然曾經耳聞，不過這還是第一次親眼見到。」

在王城雪勒貝爾城的陽台上，國王里奧塔莫思瞇起眼，遠眺著巨大的船影。那艘船會來到王都的理由很簡單，就是他所下的詔令。

為了挑戰前往博庫斯大樹海展開調查飛行的難題，將以這艘銀鳳騎士團的飛翼母船作為旗艦，再加上紫燕騎士團的運輸飛空船組成大規模的船團。

即使飛空船擁有空中優勢，但他們的目的地可是被稱作魔物森林的博庫斯，也不曉得需要準備到什麼程度，船團的規模就變得這麼巨大了。

考慮到西方諸國的大部分國家仍處於剛引進飛空船的階段，這應該算是世上屈指可數的飛空船團。或許只有過去甲羅武德王國的鋼翼騎士團擁有超越其上的規模。

「……話說回來，沒想到竟如此巨大。實在不該因為要舉行出發儀式，就把它叫來王都。」

這事暫且不提，一想到現在城裡發生的騷動，他就不禁抱頭苦嘆。

「哇哈哈哈！哈哈哈——!!怎麼樣怎麼樣？嚇到了吧！我們可是費了好——大一番工夫才做出來的啊!!哈哈哈，睜大眼睛看清楚了！」

「對被嚇一跳的王都居民們來說，應該算是一場災難。不過，就請將這艘飛翼母船一號艦『出雲』的英姿牢牢印在腦海裡吧。」

巴特森整個人貼在艦橋的窗戶上，興奮得不停揮舞手臂，而艾爾涅斯帝也露出頑皮的笑容，從窗戶俯瞰王都的街道。

——飛翼母船一號艦『出雲』。這艘以運用空戰特化型機為前提所設計的飛空船，體積異常龐大，並且擁有多達一個飛翔騎士中隊（十架機體）的破格搭載量。

由巴特森所率領的鍛造師隊造船分隊，費盡千辛萬苦才打造出這艘大船。雖然他們擁有從克沙佩加王國帶回來的對空衝角艦，可惜它遠遠無法滿足這次任務所需的性能。

運用空戰特化型機就免不了大規模地擴充設備，這點主要反映在船的大小上。因此，他們幾乎是從頭開始設計船，又在途中自暴自棄地大肆發揮，結果就成為現在這副模樣。

這麼一番胡來之後，好不容易撐到建造完成，巴特森他們的情緒可以說亢奮至極。造船分隊的成員們現在八成正在船艙裡開酒宴慶祝吧。

老大（達維）坐在船長席上看著巴特森興奮的樣子說道：

「噢，好吧。已經炫耀夠了，也該滿意了吧？起風裝置逆向推進，放慢速度，開始迴轉。我們先到城外去，再繼續走就要蓋過王城頭頂啦。」

看來老大似乎刻意忽視了自己平日的行動。

在這次惡作劇成功，讓他們樂了好一會兒之後，才總算認真開始工作。

「那麼，我就搭伊迦爾卡下去，向陛下打個招呼。」

趁老大忙著指揮艦橋裡的人員操作時，艾爾便駕著伊迦爾卡朝王城飛去。

◆

「哎呀，被狠狠罵了一頓呢。」

「那還用說。我比較驚訝你竟敢對國王陛下開這種玩笑……真不知道該怎麼說你。」

紫燕騎士團長『托爾斯帝・科斯坎薩羅』不禁扶額，當著面前露出天真笑容的少年發出嘆息。

儘管出雲的登場造成各地大大小小的騷動，出發儀式仍平穩地結束了。幸虧出雲無比雄壯的英姿受到人民廣大的支持，也沒有損及國王的威嚴，使儀式得以順利地進行。即使如此，也不能把惡作劇的事當作沒發生過。

「確實是一艘驚人的船，這點無庸置疑。」

托爾斯帝透過艦橋的玻璃窗眺望浮在附近的船。幾艘運輸型飛空船以出雲為中心跟在四周，再加上兩個中隊的飛翔騎士，紫燕騎士團的全部戰力都集結在這裡了。

這些飛翔騎士中的一個中隊被收納在出雲內部，其餘則在周圍負責警戒，或者是連結在船的外牆上。騎士的運用幾乎全交給飛翼母船。相對地，運輸型飛空船的船艙內則載滿各種物資，其總量能讓這個調查船團持續活動超過一年。

他們的目的地不是海上，而是陸地上空。萬一真的碰到物資不足的情況，也能降落到地上張羅物資。然而，考慮到飛空船消耗的源素晶石量以及危險性，降落應該當成最後的非常手段，所以他們預定在旅途期間靠船上的物資度過。

托爾斯帝將視線轉回出雲的艦橋內，露出有點羨慕的神情，四處張望內部的設備。

「話說回來，這艘出雲從外觀來看就非常巨大了，實際來到內部一看，更是不同凡響。我們的運輸飛空船居住性也不差，不過相較之下……真令人羨慕啊。」

他們紫燕騎士團的飛空船，基本上直接沿用初期的設計，完全說不上有考慮到居住性。在這方面，出雲有效運用其巨大的體積，在設計上保留許多空間，更適合船員居住。再加上設計者就是使用者本身這種特殊的情況，巴特森他們也在內裝做出許多改變，讓自己使用起來更方便。在這段為期不短的旅途中，出雲的空間想必能產生很大的正面效果。

「……總之，這段旅途還請多多指教了，埃切貝里亞騎士團長。」

「彼此彼此，科斯坎薩羅騎士團長。」

兩人穩穩地握手致意，但是從旁人的眼光來看，根本就是大人和小孩子的組合。誰會相信這兩位都是王下直屬的騎士團團長呢？何況艾爾在立場上甚至還要更高一些。

「不過……沒想到你沒有坐在那個位子上。」

托爾斯帝這次將視線移到不可一世地坐在出雲船長席上的矮人族青年身上。他自己在身為紫燕騎士團團長的同時，也擔任旗艦飛空船船長的職務。考慮到船與騎士團指揮系統的統一，這樣的形式相當合理，仿效紫燕騎士團設立的其他騎士團也沿用這套模式。也因此，銀鳳騎士團的團長艾爾不是旗艦出雲的船長這點，就顯得有點奇怪了。

艾爾露出笑容，輕輕點頭回答：

「是啊。因為一旦進入戰鬥狀態，我就會駕駛幻晶騎士出擊，所以船的指揮就交給他了。」

「這、這樣啊。那架幻晶騎士……是叫伊迦爾卡？聽說它不是飛翔騎士，卻能在空中戰鬥？」

托爾斯帝的腦中浮現收納在機庫裡的異型幻晶騎士。別說是國內了，那樣鬼面六臂的鎧甲武士在這世上根本絕無僅有。在飛翔騎士登場前，伊迦爾卡是世界上唯一能在空中戰鬥的機體。

「是的。在這段旅途中，您應該也有機會見到。」

「那就讓我拭目以待吧。這次的重要任務能獲得你們的協助，就像打了一劑強心針。」

托爾斯帝再度看向露出爽朗笑容的嬌小少年。雖說目的只是行前調查，但目的地是那座有去無回的博庫斯大樹海。考慮到這項破格任用所帶來的沉重壓力與任務的重要性，果然還是需要這個弗雷梅維拉王國的英雄少年的力量。在兩位長官漸漸聊開的同時，飛空船團也平穩地繼續在空中前行。

◆

以出雲為中心的飛空船隊沿途在城鎮上空投下巨大的黑影，緩緩橫越整個弗雷梅維拉王國。現在正好來到萊西亞拉學園市和奧維西要塞上空。

「……聽說艾爾就在那艘最大的船上呢。」

瑟莉緹娜・埃切貝里亞仰望鑲嵌在藍天的船隊，喃喃說著。她手指的前方是船隊裡最大的一艘飛空船。那個人造物龐大到令人難以相信它能夠高高飛在天上。她的丈夫馬提斯一手遮著陽光抬頭仰望天空，然後將視線轉回身旁的妻子身上，說道：

「是啊。真是的，艾爾真是忙得停不下來……怎麼了？看起來悶悶不樂的，妳在擔心什麼嗎？」

緹娜是位聰明、堅強的女性。以前甚至在艾爾要介入鄰國戰爭的時候，她都能夠面帶笑容地送行。看似溫和嫻靜，但心志卻非常堅定，可以說不愧是艾爾的母親，這對母子在某方面非常相似。這樣的她，現在卻很難得地表現出欲言又止的態度。

「嗯，有一點。沒錯……那孩子很堅強，我也知道他一定沒問題，但總覺得忐忑不安。」

「這樣啊……畢竟他們要去的是博庫斯。就算是艾爾，也很讓人擔心。」

自從弗雷梅維拉王國建國以來，博庫斯大樹海就一直是國家持續對抗的災難發源地。人民對樹海的恐懼無法那麼簡單地抹去。甚至在罵孩子時，都有相當的威懾功效。

不過，緹娜心中的焦躁感卻無法用這個理由說明。只論危險程度的話，艾爾甚至有和師團級魔獸（陸皇龜）單挑的經驗。

看到她灰暗的表情，馬提斯再度將視線移向空中。

「那孩子不管遇上什麼困難都能克服，而且每次都遵守了約定。他之前不是說要讓妳搭飛空船嗎？那他一定會回來實現約定。」

「……也對，說得沒錯。艾爾絕對不會爽約的。」

緹娜雙手在胸前交握。連她都不明白令自己心跳加速的焦躁從何而來。再怎麼擔心，現在也只能為艾爾祈禱，看著他踏上旅程。因此她只是目不轉睛地望著漸行漸遠的飛空船。

◆

繼續往東前行的船隊現在正好通過奧維西要塞上空。留在要塞裡的銀鳳騎士團團員紛紛仰望天空。

「出雲終於出航了啊。之前就看艾爾涅斯帝和巴特森很期待了。」

「唔。說起來，就算很多事剛好都碰在一起，把我們丟下也太見外了吧。」

「不是丟下，我們還有留守的任務，而且這次的遠征是以飛翔騎士為中心。既然阿迪拉德和古拉林德不能用，我們出場的機會恐怕也不多。」

「那我的第三中隊應該可以跟去不是嗎？」

「只帶一個中隊應該也不太恰當吧。」

其中也有各中隊長的身影。不只他們，銀鳳騎士團的第一到第三中隊都沒有參加這次的遠征。即使如此，光是少了艾爾一個人，銀鳳騎士團的據點奧維西要塞就明顯冷清許多。

「好了，雖然說是看家，但也沒什麼緊急的事情。就讓我好好享受久違的假期吧。」

各中隊姑且負有團長離開的期間保護要塞的任務。不過，奧維西要塞原本就不是以戰鬥為目的的設施，所以他們實際上是得到了一段假期。聽到這句話，艾德加將視線從天上轉回來。

「關於這件事，我暫時會離開這裡。迪、海薇，我想拜託你們在這段期間保護要塞……我得去找個人當面談談才行。」

迪特里希不禁挑起一邊眉毛，海薇則是一副瞭然於心的樣子點點頭。在這個時期，他會特意去見的可能人選只有一個。

「是跟那件事有關嗎？」

「沒錯。老實說，我還沒決定要不要接受，但要是不先談談，就什麼都無法開始。」

「是啊是啊，結果只有我們自己苦惱，實在不會想到什麼好事。」

雖然艾德加搖著頭這麼說，但光是決定見面，就表示他已經有意願了。對方肯定也會把握這個機會。

迪特里希誇張地聳聳肩，說：

「那就沒辦法了。哎，反正也沒有人會拜訪團長閣下不在的這座要塞。這邊的事情就交給我們吧。說起來，從銀鳳騎士團成立以來，好像沒有放過什麼長假……嗯，仔細想想還真恐怖。這次就讓我好好休息吧。」

艾德加沒去管因為察覺不該注意到的事實，而一下子感到消沉的迪特里希，再次仰望飛空船隊。

船隊以出雲為中心，一路向東。這趟航路邁向過去無人敢踏及的博庫斯大樹海，無疑將成為左右弗雷梅維拉王國未來的大事件。艾爾涅斯帝等人身為開路先鋒。不論何時，那位嬌小的少年都一直走在時代的最前端。

「我們也不能只是跟在他後頭。也許是時候踏出新的一步了。」

在眾人的目送之下，飛空船隊繼續前行，最後終於來到國境上的防禦城牆邊。前方就是魔獸的樂園——博庫斯大樹海了。飛空船隊靜靜地滑過蓊鬱樹海的上空。

◆

「……這就是博庫斯大樹海的空氣。唔，險惡得恰到好處呢。」

艾爾站在出雲的頂部甲板上，深深吸一口氣。

風拂過肌膚的觸感和在弗雷梅維拉王國時沒什麼不同。只不過，風中蘊含著某種獨特的氣息，莫名令人覺得不舒服。

映入眼簾的景色由清一色的綠所填滿。蒼翠茂盛的樹海在地平線不斷延伸。地形偶有起伏，遙遠的天邊隱約可見山稜的輪廓。

他正茫然地望著森林的景色，此時突然從背後伸出一雙手。這雙手剛從左右繞到艾爾前方，就馬上把他摟進懷裡。

艾爾有點受不了地轉過頭，抬眼望向跟平常一樣抱住他的亞蒂。

「亞蒂。這裡還有紫燕騎士團的人在，不是告訴妳不能這樣抱我了嗎？」

「嗯嗯，我知道！可是現在旁邊又沒人，所以沒問題～～」

亞蒂把頭放在艾爾肩上，撒嬌地說。

艾爾是銀鳳騎士團的團長，掌管旗艦出雲的他基本上算是這個船隊的最高指揮官。基於長相缺乏威嚴，以及難以做榜樣之類的考量，才會禁止亞蒂抱住他。看她這個樣子，顯然完全沒聽進去。艾爾暗自在心裡嘆口氣。

參加這趟遠征的，原本只有銀鳳騎士團的團長艾爾，還有駕駛出雲的鍛造師隊。亞蒂卻很理所當然地提出『既然艾爾要去，她也要一起登艦』的要求，而且還直接跟過來。因此出雲上除了載著伊迦爾卡以外，也帶了她的席爾斐亞涅。她曾經擔任紫燕騎士團的教官，也是很優秀的飛翔騎士駕駛員，確實很適合這一次遠征。

「真是的，只有現在喔。參加這次旅行的不是只有銀鳳騎士團(我們)自己人而已。」

「嗯——就算跟平常一樣也不會有人介意吧？而且你這麼可愛，沒有威嚴也沒關係！」

「問題不在那裡……」

之後，艾爾帶著亞蒂走向船內。走到一半時，他放眼環顧四周。其他飛空船隔著一段距離將出雲圍繞在中心，飛翔騎士則像魚群一般在其間緩緩游動。紫燕騎士團的飛翔騎士們輪班負責警戒偵查。即使空中沒有障礙物且視野良好，但也不能完全放鬆警戒。

他們一回到艦橋，就看到托爾斯帝攤開地圖在那裡等待。老大一副事不關己的樣子坐在船長席上。除了船的操作與整備以外，其他事情老大基本上都不想管，而掌舵的巴特森也是差不多的想法。

「終於要正式深入博庫斯了。我想確認一下當前的方針。」

托爾斯帝才開口說完，森林中就立刻揚起一陣塵土。樹木倒塌的聲響遠在船上都聽得到。八成是魔獸引起的吧，接著斷斷續續地又激起好幾波塵土，過了好一陣子才總算安靜下來。大家瞥一眼那幅景象，然後看著彼此點頭。

「不愧是魔之森。要是走陸路的話，不知道旅途會有多辛苦。」

「就算是銀鳳騎士團……哼，應該也會在途中消耗不少。幸虧搭的是飛空船。」

「嗯嗯！不枉費我們辛苦把出雲做出來了……」

在樹海下方，不論魔獸之間的捕食行為再怎麼激烈，也不會影響到天上的飛空船隊。他們再次體會到飛空船的價值與優勢。

艾爾端詳著攤開來的地圖。

「過去對森林的淺層部分也調查到一定程度了。暫時先提升速度，等到更深入以後再提高警戒吧。」

「也對。就算博庫斯再怎麼危險，會飛的魔獸好像沒多少。雖然不能放鬆警戒，也沒必要一開始就把神經繃得那麼緊。」

他們面前的地圖範圍，只到越過弗雷梅維拉王國東邊國境後，再往東一點的部分。這次遠征的其中一個目的，就是將這張地圖畫得更加詳細、廣闊。

之後，他們又討論了偵查隊的巡邏預定和航向，並且重新擬定方針，然後向整個船隊傳令。出雲展開帆翼乘上氣流，加速朝樹海的深處前行。周圍的飛空船與飛翔騎士也緊跟在旁。

「終於進入博庫斯大樹海了啊……」

紫燕騎士團的團員們在出雲的船艙裡，一邊感受船的速度一邊竊竊私語著。

「真沒想到我們幾個居然會被授以這樣的重責大任。」

他們感觸良多地望著固定在旁邊的飛翔騎士。在這個國家裡，不存在對博庫斯大樹海毫無感情的人。

「肩負重任的也不只有我們啦。」

他們的視線越過飛翔騎士，轉向船艙盡頭。一尊巨大的鎧甲武士默然端坐於彼端，外觀看起來比飛翔騎士更奇怪。

「……銀鳳騎士團啊。教官他們好像不在。」

「我有看到歐塔教官，還有那個小小的騎士團長。」

「不過，這次的主角不是他們。」

一直靜靜聽著大家說話的拉法葉，在這時候插嘴了。

「這是個大好機會。這艘船屬於銀鳳騎士團沒錯，不過戰力的核心還是我們。這是我們的戰鬥。」

他的臉上展現出領導中隊者的強烈自負，卻也帶著一絲不安的神色。這次的任務便是如此重要。

「聽說飛翔騎士也已經配置到國內各領地。我們雖然處於領先地位，也不能就這樣安於現狀。」

團員們用力點頭同意。儘管他們在飛翔騎士的駕駛技術上略高一籌，然而身後的競爭非常激烈。說是舉國上下都一股腦兒地投入其中也不為過。

「我們絕對要成功完成這次任務，親手贏得榮耀。」

「沒錯，讓他們好好見識一下！願榮耀歸於紫燕騎士團……!!」

大伙兒伸出拳頭，組成一個圓陣。儘管不知道還有什麼樣的困難在路上等著，他們還是鼓起幹勁幫彼此加油打氣。

就這樣，船上乘載著許多人的意志與希望，繼續深入樹海。

◆

第五十二話　先遣調查船團出發

大樹海不負其名，從進入上空以來一直是連綿不斷的森林，周圍的視野也非常好，完全沒看見任何障礙物。話是這麼說，這裡也不枉被人畏懼地稱作魔物森林，不可能就這樣一帆風順地前進。

「航線上有東西！聯絡船隊提高警戒！」

在前方偵查的飛翔騎士發現異常，趕緊用魔導光通信機發出警戒訊號。船隊的監視人員一收到訊息，艦橋裡就一口氣騷動起來。

「傳令。偵查小隊發出異常事態的信號。待機中的騎操士迅速前往機庫，準備出擊！」

艾爾向傳聲管喊出指示後，回過頭看著船長席。

「我也去準備伊迦爾卡了。有什麼事情就交給你了。」

「噢，放心吧。」

「我也到小席那邊去。艾爾，一起走吧！」

目送兩人離開艦橋後，老大眼神犀利地瞪著船的前方。掌舵的巴特森也繃緊神經，準備應對戰鬥。

這時，發現異常的偵查小隊，正逐漸接近擋在船隊航線上搖搖晃晃的巨大團塊。

「那是……魔獸嗎？不，那真的是生物嗎？」

「不曉得。看起來像是岩石，可是又飄在天上。說不定是類似殼獸的東西……」

眼前的物體表面如同岩石一般凹凸不平，說是殼也很奇怪，而且數量不只一個，附近還有幾個相同的團塊飄浮在空中。飛翔騎士們放慢速度，持續警戒觀察。

「真大啊。一個就比幻晶騎士大好幾倍。到底是怎麼浮起來的？」

「誰知道。說不定又是乙太吧？如果只是浮著，不會影響船就再好不過了。」

面對毫無反應浮在眼前的團塊，他們也無法決定該怎麼做。若是貿然出手而被反咬一口的話，那可是得不償失。

在他們猶豫不決的期間，團塊的表面突然產生變化。發出喀嚓喀嚓的聲音開啟好幾個小孔——從裡面爬出外表光滑的某種東西。那東西跳進高空後，便伸出既不像魚鰭，也不像是薄膜的器官，直接在空中游動起來，而且爬出來的還不只一隻。冒出第一隻以後，團塊的其他部分也陸續開啟好幾個孔洞。見到這一幕，騎操士們在感到戰慄的同時，也理解到一件事。

「這……原來如此，那不是魔獸本身，是『巢穴』啊!!」

「糟了，這些傢伙會飛！而且還跑出這麼多！撤退！快跟本隊會合！」

他們紛紛用力踩下踏板。下一秒，魔導噴射推進器就怒吼著噴出火焰，讓機體緊急加速，同時擺動鰭翼，一個急轉彎朝船隊返航。

期間，不斷在空中增加數量的小型魔獸突然一齊飛離巢穴，追在試圖脫離的偵查小隊後方，且不斷提高速度。

「那些魔獸飛得還挺快……因為體積小嗎？」

小型魔獸頂多只比人類大一些。身上沒有羽毛，身軀呈光滑的水滴型。像魚鰭一樣展開的翅膀沒有拍動，似乎是藉由魔法獲得推進力。

「喂喂！一隻接一隻冒出來了喔。怎麼會那麼多！這下不妙，得在靠近船之前多少減少一些數量。」

偵查小隊一邊飛行，一邊用魔導兵裝朝後方放出法擊。魔獸的數量非常多，不用一一瞄準，只要射出法彈就會擊中。遭到炎彈直擊的小型魔獸雖然當場被炸得粉碎，牠們卻好像完全不介意。畢竟牠們的數量已經多到就算少幾隻也不痛不癢的地步。

「那是什麼鬼東西!?該死，還真是盛大的歡迎啊!!」

在航線上的魔獸集團連從出雲的艦橋都能看見。老大馬上撲向傳聲管，用幾乎將其扯下來的力道掀起蓋子，大吼：

「傳令！改變前進方向，避開魔獸!!法擊戰特化型機先做好準備，等繞到側面就全力把牠們炸飛!!」

「轉彎的時候動作會有點粗暴喔！老大！快回位子去!!」

聽到巴特森的提醒，老大連忙回到船長席上緊緊抓好。很快的，出雲便發出船體摩擦的聲響開始轉向。同時，接到老大怒吼著發出的命令，各艘飛空船也一齊改變路徑，但因為每艘船的體積都不小，實在無法期待靈敏的機動性。

期間，船上搭載的防禦用法擊戰特化型機紛紛站起來，將魔導兵裝的尖端指向逐漸迫近的魔獸威脅。

在出雲頂部甲板上待機的法擊戰特化型機也啟動了。它們既是守護船的盾牌，同時也是發動攻擊的長矛。出雲搭載的機體尤其特別。包覆在機體周圍的華爾披風，直接與出雲的船體連結在一起。這是過去飛龍戰艦曾採用的魔力儲蓄量的共用與大容量化。也因此，其持續法擊能力比起其他相同機體更強上數倍。

正當迎擊準備正如火如荼地進行時，出雲頂部甲板的某個部分突然開啟，鬼面六臂的鎧甲武士・伊迦爾卡從船艙中緩緩現身。

「好了，這次碰到的魔獸還真麻煩呢。光靠飛翔騎士恐怕應付不來那樣的數量……信號法彈！用法擊先殲滅接近的敵人。」

信號法彈在空中綻放出燦爛的光輝。此時，出雲的機庫裡已經變成戰場。在船上待機的騎操士們陸續跳上多耶迪亞涅。

「在浮揚器裡注入初期啟動用乙太！離開船艙以前絕對不要啟動推進器！」

出雲的船上載著相當數量的源素晶石。從船內出擊的飛翔騎士一開始會從外部獲得乙太供給，藉此驅動浮揚器。

進氣聲在機庫內轟然作響。載著騎操士的機體提升魔力轉換爐的輸出動力，發出做好出擊準備的怒吼。

「出擊！出擊——！很好，用力推——!!」

穿著幻晶甲冑的維修班貼到機體上。在船艙內的移動依靠人力。獲得乙太的源素浮揚器產生了浮揚力場，讓機體微微浮起。質量雖然沒改變，可是有幻晶甲冑的腕力就足夠移動它了。

出雲後方的艙門大大開啟，他們則將機體推向這個通往天空的出口。

「很好，輪到我上場了！接下來就交給我。」

一個維修班的人員早已等在出口前方。他將整隻手臂伸進裝在船內牆壁上的奇妙裝置裡。那個裝置由機械所構成，外形看似一隻巨大的手臂。就好像……應該說根本就是直接把幻晶騎士的手臂裝在牆壁上的東西。

「喝啊啊啊啊啊!!」

他吆喝著將魔力送進裝置裡。簡單來說，就跟幻晶甲冑是一樣的。光靠一個人的魔力不可能驅動幻晶騎士，那麼，只有一部分的話怎麼樣呢？照理說應該還是不夠，但藉由將構造極力簡化，解決了這項問題。

其目的非常簡單明瞭。

他操縱巨大的手臂，先讓構造精簡的手張開，再一把抓住飛翔騎士後，把它『扔到』船艙外面。這種裝置——『起重腕機』能夠避免飛翔騎士出擊時互相干涉，並且給予一定程度的加速度。算得上是一種機體彈射器。

之後，他又將推過來的飛翔騎士陸續送出去，而他的臉色也愈顯疲勞。

「呼、哈……！還沒完，再來……」

「喂喂，你快累垮了吧。換人啦。」

雖然起重腕機的構造經過簡化，但魔力的消耗還是非常劇烈，一個人連續使用的負擔太大了。儘管如此，他還是不肯換人操作。

「不！我還可以！」

「囉嗦，那種狀態還硬撐什麼。輪到我了！快點換人！」

「還、還沒！我還能繼續丟！」

說句題外話，不知道為什麼，『抓住飛翔騎士丟出去（發射出去）』的起重腕機非常受維修隊歡迎。大家都搶著要承接這項任務。

從出雲出發的飛翔騎士隊在空中擺出陣形，而亞蒂的席爾斐亞涅則在隊伍最前方。

「嗚哇，真的有一大堆。都小小隻的，感覺就很麻煩！」

她用魔導光通信機向跟在後頭的學生們發出信號。接到指令後，飛翔騎士隊分成跟著席爾斐亞涅以及繞到另一側的兩支小隊。

「我們分成兩路從外側削弱。把牠們趕到同一個地方以後，就靠法擊戰特化型機集中火力攻擊。要上囉，跟著我！」

「瞭解！」

魔導噴射推進器吐出熾熱的爆炎，飛翔騎士們一齊衝向魔獸集團。有的用魔導兵裝擊落，有的在擦身而過的同時用騎槍貫穿。它們在空中來回穿梭，不斷打倒小型魔獸。受到左右夾擊的魔獸群逐漸往中央靠攏。

然而，魔獸群也不只是乖乖挨打。一部分的魔獸轉向飛翔騎士展開行動，騎士們則暫時改變路線，避免陷入包圍網。

這時，小型魔獸突然有怪異的舉動。牠們在前進的同時慢慢開始『膨脹』。騎士們詫異地看著魔獸模糊了遠近感的尺寸變化，又轉念一想，該排除的敵人還是得排除掉才行，於是他們繼續發射法擊。下一秒，當法彈命中膨脹起來的魔獸那一剎那，他們這才明白魔獸的目的。

空中炸開一團猛烈的火焰球，其威力遠超過飛翔騎士所用的魔導兵裝。那是魔獸自爆引發的攻擊。

「這些傢伙該不會……！」

一瞬間露出愕然的表情後，很快地由恐怖取而代之。膨脹的魔獸，然後是大爆炸。這段過程所引導出來的答案只有一個。

「這些傢伙的攻擊方法是自爆!?」

「飛翔騎士隊！停止騎槍突刺！不知道哪一些會爆炸，以魔導兵裝為主發動遠距攻擊!!」

魔獸意料之外的能力，一下子減少飛翔騎士的攻擊手段。飛翔騎士姑且也算一種格鬥兵器。一旦近身攻擊被封住，勢必會大幅減弱它的攻擊能力。

這種小型魔獸看起來耐久性不高，完全無法阻擋幻晶騎士的攻擊，然而它的自爆相當具有威脅性。若是被捲入自爆攻擊，不僅飛翔騎士有危險，再配合數量發動的話，對速度緩慢的飛空船更有可能造成重創。萬一飛空船遭到擊墜，飛翔騎士就失去歸所了。戰場上充斥著的緊張氣氛一口氣上升。

儘管飛翔騎士的奮戰多少削減了數量，但是小型魔獸群仍鍥而不捨地靠近飛空船隊。

「……進入法擊戰射程。不能讓牠們靠近船，全部打下來!!」

站在出雲頂部甲板上的伊迦爾卡，揮下代替指揮杖的銃裝劍。緊接著，法擊戰特化型機就朝蜂擁而至的魔獸集團毫不留情地射出法擊。

法彈在空中拖曳著淡淡的尾巴飛出去，接二連三地綻放出爆炎之花，散落的火焰花瓣燒灼著魔獸們。與出雲共有大容量魔力的法擊戰特化型機能夠毫不間斷地發出法擊。其中不時混雜的大規模爆炸，應該是出自魔獸本體的爆炸。

「唉，數量未免太多了吧！沒辦法全部擋下來!!」

「慘了，有幾隻鑽過去了！請求應對！」

然而，法擊戰特化型機隊沒多久就發出驚叫。面對鋪天蓋地而來的魔獸群，就連法彈彈幕也無法徹底壓制住。魔獸群漸漸地縮短與飛空船之間的距離。

「如果那麼多魔獸自爆，飛空船根本沒辦法全身而退。」

飛翔騎士隊持續發射法擊，眾人皆感到心頭湧起一股焦躁的情緒。率領中隊的拉法葉來到席爾斐亞涅身邊。

「歐塔教官，這樣下去飛空船會有危險！是否該採取……」

「法擊戰特化型機會幫我們打掉靠近飛空船的魔獸。靠過去也只會被波及，我們顧好後面就好！」

爆破的狂風遠離飛空船，飛翔騎士隊繼續投入削減魔獸數量的行動中，可是仍不斷有魔獸從巢穴裡冒出來。這明顯超過他們的應對能力範圍。

「那樣的數量我們應付不來！得想個辦法把源頭截斷……應該直接去破壞牠們的巢穴!?」

亞蒂猶豫不決地想，放棄對後援的牽制，直接殺去魔獸巢穴。這似乎是個好點子，可是問題在於一旦飛翔騎士離開這裡，飛空船就等於是毫無防備的狀態。他們無法貿然採取行動。

此時，一陣咆哮似的進氣聲迴盪在戰場上。

「……皇之心臟、女皇之冠，兩機構啟動最大功率！」

在出雲的甲板上，鬼神展現出殲滅的意志。

艾爾讓伊迦爾卡進入攻擊模式。雙手舉起銃裝劍，連同背上四隻手臂握著的四把，合計六把銃裝劍瞄準魔獸集團。它踏穩雙腳並關閉魔導噴射推進器，將大量的魔力全部貫注到銃裝劍中。

「魔獸爆炸了。牠們為什麼要自爆？那種不以生存為前提的能力不是很不自然嗎？目的到底是什麼？」

他的視線越過一湧而來的魔獸群，瞪向牠們身後。

「我們可能搞錯了什麼。假設那種小型魔獸不過是生體炸彈，純粹是一種攻擊手段的話，表示魔獸的本體是……」

幻象投影機上顯示的準星鎖定空中的某一個點。在遙遠的另一頭隱約可見的黑影。

「就讓你瞧瞧伊迦爾卡真正的威力吧。我說的可不是多樣化的攻擊手段，而是單一擊的威力!!」

下一秒，發出耀眼光芒的轟炎之槍便如同慧星一般劃過空中。目標直指魔獸們的『巢穴』。威力和射程都強大無比的轟炎之槍飛越很長一段距離後，直接命中巢穴。

強烈的熱量貫穿表層，發出橙色光芒的法彈剜進內部。內藏的魔法術式隨即順從指令發生變化。爆裂的火焰瞬間從巢穴內噴出。

擊中巢穴的轟炎之槍不只一把。長槍接二連三地穿透、爆炸，最終將巢穴炸個粉碎。巢穴的碎片熊熊燃燒著落下。其中混雜著像是岩石的碎片，以及體液、肉片等物體。

「也就是說，本體或者是頭目躲在那些巢穴裡。好了，你們的頭目有危險囉。該怎麼辦呢……？」

伊迦爾卡沒有在意逼近的魔獸群，發射銃裝劍的手也沒有停下來。轟炎之槍連續不斷地飛出，破壞掉更多的巢穴。

「這是……魔獸們的行動改變了!?」

那個瞬間終於到來。

朝船隊襲來的魔獸群有了變化。原本只顧著瘋狂撲向飛翔騎士和飛空船的魔獸們，在此時突然改變前進方向。就算仍不斷遭受攻擊，導致數量減少，還是一齊掉頭往來時的路上飛去。

最後，牠們脫離法擊的射程範圍，回到巢穴附近。魔獸們沒有進入倖存的巢穴中，而是直接貼在巢穴表面上。同時，『巢穴』本體慢慢地開始移動。

「那是把小型魔獸當成推進力嗎？」

大量的魔獸就那樣推著巢穴，逐漸遠離船隊。雖然巢穴的體積相當大，但魔獸的數量也相應地多。巢穴的速度不斷攀升，最後消失在遙遠的彼端。

「不用追太緊了。只要船隊安全就好，畢竟我們的目的不是殲滅魔獸。」

出雲與飛翔騎士不敢掉以輕心，目光隨著魔獸的巢穴遠去。幸虧真正能抵達飛空船的小型魔獸很少，所以沒受到什麼致命的損害，飛翔騎士們也都沒事。考慮到魔獸的性質，這樣的結果簡直可說是奇蹟。

「剛才一時之間還不曉得會怎麼樣呢。幸好全身而退了。」

在紫燕騎士團的旗艦上，托爾斯帝安心地深深吐出一口氣。沒想到不是碰上陸皇龜（貝西摩）那樣單體就很強大的魔獸，而是憑藉數量優勢的對手。假如沒有成功突破魔獸巢穴的這個弱點，就得做好至少失去一艘船的心理準備吧。他的視線轉向站在出雲頂端的鎧甲武士。

「……那就是伊迦爾卡。銀鳳騎士團長的專用機。神態樣貌跟駕駛比起來倒是威風許多，而且剛才的法擊，簡直強大得不合常理。」

銀鳳騎士團的名氣與戰鬥能力之高是眾所皆知的。不過，團長艾爾涅斯帝在開發新型機的功績方面反而更受矚目。

光是這點就已經無人能及，更別提他和他的座機竟然還擁有如此令人生畏的力量。這回托爾斯帝可是親眼見識到，包含他在內的銀鳳騎士團是多麼超乎想像的團體了。

「也難怪陛下那麼看重他。有他守護這個船隊，真是再讓人放心不過。」

他深切感受到，這趟旅程或許將會成功。

飛翔騎士隊在魔獸離開後仍維持警戒狀態，一邊慢慢撤回船上。拉法葉眺望著恢復平靜的天空，不甘地咬緊嘴唇。

「結果光靠我們還是保護不了飛空船，飛翔騎士又是為了什麼存在的……」

出雲打開船艙後方迎接飛翔騎士歸來。由起重腕機抓住機體，送進內部。

沒多久便輪到拉法葉機。機體帶著輕微的震動被送進船內。起重腕機之後，就輪到幻晶甲冑出場。騎操士則得等到機體連結到固定器上後才下機。這段期間，拉法葉只是愣愣地看著船艙裡的景色。

不久，放在最深處的伊迦爾卡映入他的眼中。

「銀鳳騎士團旗機，實力果然名不虛傳。但是，我們也不會就此屈就輔助的角色……！」

他一下機體，便重新下定決心，邁步向前。

◆

自從艾爾涅斯帝等人前往博庫斯大樹海，已經過去將近一個月。

將場景拉回弗雷梅維拉王國。在奧維西要塞，第二中隊長迪特里希今天也是一副無所事事的樣子。

「不曉得現在團長他們在幹什麼。」

「一隻接一隻地把魔獸撂倒吧？」

同樣也是無所事事的海薇有氣無力地回應。

「博庫斯大樹海的魔獸果然很多吧……」

其實無所事事的不只他們兩個，整個奧維西要塞都瀰漫著一種悠閒——或者應該說是沒幹勁的氣氛。原因很簡單，因為現在對大多數團員來說就像在放假，沒什麼事情做。

團長不在的銀鳳騎士團幾乎停止一切活動。偶爾雖然會有為了協助擊退魔獸而出動的情況，但是跟艾爾在要塞時那段驚滔駭浪的日子比起來，也差不多等於是放假了。

多虧如此，迪特里希才能悠哉地在工房的屋簷前鬼混。

「唉。比起飛翔騎士，果然還是古拉林德跟我比較合得來。」

望著坐在維修台上的愛機，他用力握緊拳頭。一旁的海薇沒來由地伸手舉向天空。

「嗯——我們隊倒是已經很習慣飛翔騎士了。感覺兩種都可以吧。」

「不愧是第三中隊。那樣人馬騎士（澤多林布爾）就不會再用了嗎？」

「也不至於吧。要載著第一第二中隊跑的話，還不是得把貨車拖出來。」

話雖如此，這陣子他們光顧著學習怎麼操縱飛翔騎士，已經很久沒有碰人馬騎士了。連海薇自己都有點沒把握。

「你們那邊如果維持現狀，在空中作戰的會變成只有第三中隊（我們）嗎？」

「啊——也有適合近戰特化型機的新裝備啦。那個我不太想用在空戰上，硬要說的話應該是輔助性的。」

迪特里希想起在出雲啟程之前看過的裝備，盤起雙臂沉吟道。

「而且鍛造師隊幾乎都坐上出雲一起去了，團長和老大也不在。最好不要隨便嘗試新裝備。」

就算發現故障或缺陷，也找不到人來修，這樣測試就沒有意義了。在他們回來以前，那些新裝備大概都會堆在工房角落生灰塵。

「反正現在沒事情做。乖乖休息就好了。」

「嘴上那樣講，妳還不是在進行飛翔騎士的訓練？」

「有什麼關係。測試新型機是我的興趣啦。」

「那根本就和騎士團長閣下沒兩樣……」

海薇「嗚！」了一聲，然後將視線轉向遙遠的彼方。見狀，迪特里希只是聳聳肩問：

「結果妳還是沒接受那個邀約？」

「嗯？喔，還不曉得。」

海薇將視線轉回他身上，露出曖昧的表情。

「因為那個嗎？要是艾德加做出決定，就要跟著他走？」

「唔，這也很讓人煩惱沒錯，不過真要說起來，應該是跟你差不多的理由吧。」

海薇凝視著自己的飛翔騎士座機，開口道：

「人馬騎士、飛翔騎士。擔任測試騎操士，或者直接上戰場，都有讓我喜歡的部分。」

她從特列斯塔爾剛被做出來的時候，就一直擔任測試騎操士。起初可能是為了從敗北中重振，但並不表示在過程中一點樂趣都沒有。一路陪著新型機從成形、起身直立到前往戰場，會產生感情也是很自然的事。人馬騎士和飛翔騎士也一樣，都是從初期就看著它們發展到這一天，一路同甘共苦的夥伴。

「所以我大概不適合什麼騎士團長。連我自己都覺得能把中隊長當好就很了不起了呢。」

她搖搖頭，加深臉上的苦笑。

「正因為第三中隊喜歡新事物，才會由妳這個最喜歡新事物的人帶頭吧。」

「如果是那樣，的確也只有你才能帶領第二中隊。」

想起那支奉衝鋒陷陣為最高準則的『圍毆部隊』，海薇忍俊不禁。這次換迪露出苦笑。

兩人互相調侃得正起勁時，一架幻晶騎士出現在他們眼前。機體的外裝潔白無瑕，是艾德加的阿迪拉德坎伯。

一看到白色幻晶騎士踏著鈍重的步伐走進工房，迪特里希懶洋洋地抬抬手。

「唷，這不是我們新的騎士團長閣下嗎？好久不見，談得如何？」

艾德加這段時間人都不在這個要塞裡。他下了機體，隨手把外套掛到旁邊的椅子上坐下。

「總覺得被你那樣稱呼怪不對勁的。總之，可以說還算順利吧。」

前幾天，代表各地派來的仲介人來到奧維西要塞。艾德加於事後和他們取得聯絡，並前去商談相關事宜。

「我實際上和某位貴族碰了面。對方看到阿迪拉德還非常感動呢。聽說一開始是負責中型都市的守護騎士團，不過從他的態度來看，規模可能還會再大一點。」

迪特里希忍不住吹一聲口哨。

「挺行的嘛。率領守護騎士團應該需要相當的實績和信賴，你居然還能讓對方覺得是大材小用了。深感佩服，閣下。」

「就說別那樣叫我。被你那樣稱呼就覺得很奇怪。」

「你是說哪方面的怪啊？」

「是說，那樣你就會正式成為團長的同伴了呢。」

「……聽妳這麼說，突然不曉得該不該感到高興。」

畢竟身邊朝夕相處的騎士團長是那副德性。累積起來的信任和實績雖然是無人能及，但同時也經常失控暴衝，是最強的幻晶騎士狂。想到同一件事的三人先是面面相覷，然後噗哧一聲笑出來。

等到笑夠以後，迪特里希又向眼前的人物問：

「率領騎士團大概是所有騎士的夢想之一。眼看這個夢想就快要實現了，不管是誰都會感到高興的吧。你那張鬱卒的臉又是怎麼回事？」

艾德加像是被打了個措手不及，一下子停止動作，轉頭看向海薇。

「真的耶。看起來鬱悶度比平常還要多了一半。」

「什麼……？」

迪特里希就算了，聽到連海薇都這麼說，艾德加頗感意外地垂下眉毛。平時冷靜自持的他很少將情緒表露在臉上，可惜卻對相識已久的兩人不管用。他吐出一口氣，微微露出苦笑。

「談得順利是好事，只不過，等我離開以後要怎麼安排第一中隊，讓我有點放不下心。」

「嗯。不是聽說會有人來代替你的位置嗎？」

海薇不解地偏著頭問。

「這我知道。可是，我們是一路走到今天的夥伴，還是會擔心他們將來的待遇吧。更何況這次是由於我私人的理由離開。」

艾德加的視線轉向整齊排列在工房裡的卡迪托雷。機身上描繪著白色十字，代表它們屬於第一中隊。

「唉，你也太認真了。不必在意那種事情。不管來接任的人是誰，在我等騎士團長閣下的威望面前都沒有關係。我比較擔心他能不能滿足團長的要求……」

銀鳳騎士團最重要的任務，就是達成騎士團長所有亂七八糟的要求。比如『挑戰驚天動地的強大魔獸』。無論如何，半吊子的人才是做不來的。

「……不，那樣還是有辦法。如果能力不足的話，就由我來鍛鍊。我可不容許同期引以為傲的最優秀騎士繼任者表現得太難看啊。」

「你該不會……迷上了之前當教官的工作吧？」

艾德加一臉錯愕地看著迪特里希發出嚇人的笑聲。看來之前在訓練紫燕騎士團的時候，似乎觸發了迪特里希的某個開關。就這樣，在新的中隊長來到第一中隊之前，就決定好要接受由闖過遙遠西域戰爭的猛將所制定的一連串特訓了。

「反正以後的事情不用你操心，艾德加。你只要走自己的路就好了。」

艾德加驚訝得睜大雙眼。他心裡的牽掛都被看透了，除了笑還能怎麼樣呢？艾德加眉間的皺紋這才漸漸舒展了。

「……好，算我欠你一次。這份恩情我一定會還的。」

「我會不抱期待地等著。」

靠坐在椅子上聽著兩人對話的海薇帶著滿臉笑容。她仰起頭，頭頂上是一片萬里無雲的晴空。即使目前還很平靜，想必不久後就會看到飛空船熱鬧往來的景象吧。她大大地伸了個懶腰。

「嗯——！那麼，不曉得團長什麼時候會回來。在那之前就讓我們好好放鬆吧。」

三人的思緒不禁飄向遙遠的東方盡頭。

第五十三話　散播穢毒的魔獸

飛空船隊緩緩飛過博庫斯大樹海的上空。

在遭遇不知名的魔獸襲擊後，船隊提高警戒範圍。

他們不論多麼細小的異常都不放過，極力迴避危險。多虧如此，儘管在那之後也遭遇幾次飛行魔獸，但是大部分都能事先察覺並繞行迴避。

即使進入戰鬥狀態，也沒有魔獸能夠輕易突破兩個中隊的飛翔騎士、法擊戰特化型機以及伊迦爾卡有如銅牆鐵壁的防禦。那些兼具特殊能力與數量優勢的魔獸，反而算是特例。

就這樣，他們的空中之旅平安地過了兩個月。

「地圖的範圍也拓展了不少呢。」

「雖然有幾次很驚險，不過大致說來還算順利。建立迴避路線所需的情報也搜集到了。」

兩名騎士團長看著手邊的地圖。這份『航空圖』補畫上他們沿途行進的路線與周邊地形，情報量比起出發時大幅增加不少。

「森林裡的魔獸似乎沒有想像中多。可能是從空中觀察的緣故，沒看到什麼強大的個體。」

歸類為師團級的超級魔獸通常擁有相應的巨大身軀。這一類的存在從遠處也能清楚看見牠留下的痕跡。若是從空中無法確認，那大概也不會是那種等級的魔獸。

「我們的物資還很充裕，不過，可能得先考慮一下要繼續探索到哪個範圍為止。」

「這樣的距離對飛空船來說可能不算什麼，但是走陸路就會有困難。就算參考這份地圖，也沒辦法一口氣推進。考慮到這點，應該趁還有餘力的時候返航……」

他們在交換意見後，決定好今後的方針。與魔獸戰鬥的情況愈來愈少，最初的緊張感也漸漸消退，長期的空中生活也讓騎操士和維修隊，開始生出對陸地的鄉愁。

他們決定先將調查的成果帶回本國。正當船隊準備返航之際，那件事情發生了。

◆

鳥群乘著風於空中翱翔，一發現從身後逼近的巨大物體，便用力拍動翅膀，轉向避開。

那個物體切開大氣前行，經過鳥群原本的所在地。它被稱作飛空船，是一種能飛到天上的船。正確來說，那是由『出雲』——隸屬於弗雷梅維拉王國銀鳳騎士團的飛翼母船——為旗艦所組成的博庫斯大樹海調查船隊。在船隊最前端的出雲的艦橋裡，艾爾涅斯帝正看著窗外，心不在焉地追逐鳥群的動向。

「右滿舵。看來前方『此路不通』。」

老大的發令聲從他背後傳來，船員們隨即複述他的命令。船體隨著巴特森轉動船舵發出輕微的摩擦聲，玻璃窗外的景色跟著緩緩流逝。鳥群因此超出視線範圍。艾爾低吟一聲，轉頭看向航線前方。

一座高聳入雲的峻嶺矗立在飛空船隊前方。基於飛空船的運作機制，改變高度的行動會造成大量的消耗。想要爬升到能夠越過眼前峻嶺的高度，大概會一下子就把船艙裡所有的源素晶石消耗殆盡吧。

因此，船隊慢慢地沿著山麓的邊緣改變航向。艾爾將視線移向下方，看見流過山地表面的溪流，然後不自覺地往上游看去。

「好陡峭的山脈。就好像歐比涅山脈一樣。」

「說不定比歐比涅更高。看不清楚北邊的盡頭。」

從地表崛起的群山儼然成為天然的障壁，而且一直延伸到遙遠的天邊。老大說的沒錯，其規模應該不亞於歐比涅山脈。

「有河川從山間流下來，山麓地帶的地形看起來也很平緩。如果能夠在這附近活動的話，說不定就會誕生出第二個弗雷梅維拉王國了。」

「在差不多該返航的時候，又多了一個不錯的旅行見聞可以說給大家聽了。」

發現將來有望成為據點的好地方，他們確實地標注在航空圖上。就在這時候，那個東西無預警地出現了。

負責在周圍偵查的飛翔騎士小隊最先察覺異常。森林的某個角落突然騷動起來，一個怪異物體從中浮出，並且眼看著愈升愈高，然後開始接近飛翔騎士和船隊。受過訓練的飛翔騎士眼尖地發現它的身影。

「那是魔獸？跟之前碰到的傢伙不太一樣呢。」

「向出雲發出警告，動作快！這次最低也是決鬥級以上，別掉以輕心。」

飛翔騎士立刻點亮魔導光通信機。收到警戒信號的後方船隊頓時陷入緊張的氣氛中。期間，飛翔騎士開始仔細觀察敵人的樣貌。

「那個形狀……是蟲形嗎？真巨大啊。說不定不只決鬥級。」

那隻魔獸全身覆蓋在甲殼之下，後方展開薄薄的翅膀，外觀有如甲蟲一般。頭上伸出的長角是最大的特徵。全長超過飛翔騎士的大小，可以假定牠至少擁有決鬥級以上的能力。這時，牠開始震動翅膀，發出低沉的震動聲並繼續提升高度。

「小心那隻角。如果被刺中的話，就算是飛翔騎士也會被一下子貫穿。」

「我知道。可是，只有一隻嗎？那麼就用法擊一口氣打倒牠。」

飛翔騎士們暫時警戒好一會兒，但是除了眼前這隻魔獸以外，沒有發現其他可疑的東西。因此他們決定用魔導兵裝先發制人，一口氣解決牠。小隊解除密集隊形，將魔獸團團包圍住，接著一齊發動法擊。看見來勢洶洶的炎彈，蟲型魔獸的翅膀發出更加高亢的振翅聲。

緊接著，一幕驚人的景象出現在他們眼前。蟲型魔獸發揮出不合乎外表的敏捷性，躲過所有從周圍襲來的法彈。

「這傢伙……！動作比預期來得快。這樣下去打不中！收緊包圍網！」

從後方的出雲裡也看得見在空中綻放的爆炎。傳聲管中不斷傳來報告，艦橋內一片騷然。

「根據報告，魔獸只有一隻！將會由偵查小隊殲滅！」

「為了以防萬一，先讓騎操士們待機，隨時準備增援。不曉得魔獸還會從哪裡冒出來，叫外頭的騎士別放鬆對周遭的警戒。」

艾爾一邊在艦橋內指揮，一邊思考是否該前往伊迦爾卡。敵人的數量很少。如果只靠偵查小隊就能處理，那麼待在艦橋裡進行指揮會比較好。畢竟伊迦爾卡一旦出動，怎麼樣都會對指揮造成影響。

這時，用望遠鏡觀察戰鬥情況的船員突然發出悲鳴。

「那、那是……！怎麼會、不可能!?」

「怎麼了？讓我看一下。」

艾爾接過望遠鏡，觀看遠方的狀況，接著看見對他來說算得上最糟糕的景象。

儘管偵查小隊已包圍住蟲型魔獸並持續展開法擊，但是敵人的行動實在太過迅速，他們的攻擊幾乎沒有效果。那隻蟲型魔獸敏捷地在空中前後左右地移動，展現出靈活複雜的機動性，令飛翔騎士無法一邊控制飛行方向，並同時瞄準目標。很快的，小隊的其中一人不耐煩地叫道：

「再繼續法擊也打不到！由我接近進行格鬥，給牠致命一擊，就拜託你們掩護了！」

「不要隨便接近！那傢伙可是有角的，格鬥不一定比較弱！」

小隊長出聲警告，但是隊員的機體已經開始加速。

「比打不中的法擊要好多了。要是情況不妙，我會馬上脫離！」

「嗚，沒辦法。加強火力，牽制牠的行動！」

那架飛翔騎士向前飛去，打算採取近身作戰，其餘機體則繼續發射法擊。雖說遠距離攻擊基本上都被躲過了，但還是能限制魔獸的行動。接近的飛翔騎士算準蟲型魔獸迴避的方向，擺出騎槍突刺的架勢。

這時，面對迅速接近的飛翔騎士，蟲型魔獸有了和剛才完全不同的舉動。牠將原本收在身體下方的腳張開，對準飛翔騎士。從彎曲的腳部關節慢慢滲出某種體液。當體液形成球狀時，周圍突然捲起一陣風系的魔法現象。這隻蟲也算是魔獸的一種。看來牠的能力遠不只飛行。

風系的魔法現象將球狀體液包覆在內，接著將其高速射出。儘管飛翔騎士早已注意到有東西飛過來並試圖閃躲，球體卻仍當著它的面『炸開』。

球狀體液一噴散開來，就沸騰似地轉化為氣體，很快地形成白色的雲，並且迅速擴散，轉眼就將飛翔騎士完全吞沒。

「這是什麼？該不會想放煙霧……彈……呃咯!?咳咳！」

怪事很快就發生了。包覆飛翔騎士的白雲被機體的進氣裝置吸入，滲透到機體內部。飛翔騎士有許多維持空中活動的特殊構造，但主要還是透過進氣裝置為騎操士提供空氣。因此，騎操士就在不知不覺中吸入跑進駕駛座裡的白雲。

下一秒，他便開始大口吐血、翻起白眼，全身痙攣不已。竟然是『毒氣』！那些像雲一般擴散的體液有強烈的毒性，而且是原本不會用來對付人類的劇毒。騎操士最後顫抖兩、三下後，就當場斷氣了。

失去騎操士的控制後，飛翔騎士就停止了動作。只靠著浮揚力場的支撐在空中飄動。

然而，異變還不只如此。

倖存的偵查小隊在近處眼睜睜看著被白雲包覆的機體，從裝甲表面開始冒泡、扭曲，而且在轉眼間侵蝕整架機體，最後裝甲變得殘破不堪，並且開始剝落。崩解的還不只外裝而已，連下方的結晶肌肉也噗哧噗哧地漸漸被腐蝕掉。崩壞很快擴散到機體全身，使之徹底腐朽，然後在空中解體、往下墜落。

艾爾從出雲的艦橋上，看見整個過程。他努力挪動因為繃得太緊而顫抖的手，放下望遠鏡。從剛才所見的飛翔騎士的末路以及敵人極為異常的攻擊方式，可以大致推測出蟲型魔獸的能力。

「那隻魔獸的能力是……！射出有強烈揮發性和腐蝕性的體液……!!」

這個事實令人不寒而慄。

在毫無遮蔽物的空中，基本上沒有任何手段能夠抵擋將整個空間變成致命武器的『酸雲』。假如那隻蟲型魔獸靠過來，被牠的體液彈打中，那就玩完了。

親眼看見隊員悽慘的死狀，偵查小隊也受到很大的衝擊。他們雖然不知道騎操士是被毒死的，不過連機體都在空中分解了，坐在裡面的人更不可能平安無事。目睹隊友如此悲慘的末路，反而讓他們下定決心。

「絕對、絕對不能讓牠接近飛空船！要是……那種魔獸！就算只有那一隻，搞不好也會把飛空船弄沉！一定要在這裡解決牠!!」

「隊、隊長！你、你看那邊……!!」

小隊長已經準備好豁出性命，卻在此時聽見友機傳來顫抖的聲音，於是朝著隊員所指的方向看去。然後，他看見一幕絕望的景象。

在蟲型魔獸的背後，浮現好幾個影子。

一隻、兩隻、三隻——五隻——十隻——還有更多。蟲型魔獸群從森林裡不斷湧出來。

「這、這傢伙……跟我們一樣是偵查兵啊。真糟糕，一隻就已經不好打發了。這危險性怎麼可能只有決鬥級？根本就是中、大隊級！」

光是一隻蟲型魔獸就發揮出驚人的攻擊性。現在卻要和一整群作戰？很容易想像得到會有什麼下場。

面對凶惡的魔獸集團，船隊也陷入動搖。艾爾在此時一口氣展開行動，打破這陣混亂。

「所有船全速掉頭！用最高速脫離此地！」

「已經在做了！但是那些魔獸動作很快……你認為逃得掉嗎？」

艾爾連回答巴特森的問題都顯得很不耐煩，一把掀開傳聲管的蓋子。

「這樣下去當然沒辦法。飛翔騎士！全員出擊。萬一失去船，我們就只能全滅了。現在要拚命反擊！」

艾爾向傳聲管這麼一喊後，便用魔法從艦橋飛奔而出，準備前往他號稱最強的鎧甲武士那邊。一衝進船艙，他完全沒有減速，縱身跳進駕駛座裡。

而在出雲後方，原本在船內待命的飛翔騎士也跟著陸續出動。伊迦爾卡甚至等不及頂部甲板開啟，就鑽過艙門飛出去。艾爾把伊迦爾卡的擴音器開到最大聲喊道：

「飛翔騎士，除了最低限度的護衛以外，所有機體貼上飛空船！」

「埃切貝里亞騎士團長！到底要做什麼!?」

「要模仿之前的魔獸做過的事！讓飛翔騎士貼著飛空船，當成推進器來用。只靠起風裝置的速度絕對會被追上！」

「但是，那樣太疏於防備了！誰要去拖住那些蟲子!?」

「請放心。交給我和伊迦爾卡！」

緊接著是一陣震耳欲聾的咆哮。兩具大型魔力轉換爐開始以最大輸出功率運轉，強力的鼓動傳至魔導噴射推進器，噴射出長長的熱浪尾羽。雙手以及背上的手臂都舉起銃裝劍，鬼面六臂的鎧甲武士出動了。

這時，席爾斐亞涅追上準備進一步加速的伊迦爾卡。

「艾爾！我也要幫忙。」

「亞蒂。妳的任務是最終防衛線。要是有我沒打中的敵人，就交給妳解決。」
「等等！艾爾，怎麼這樣……」
也不等亞蒂回答，伊迦爾卡一口氣展開加速。推進器的數量和動力都是伊迦爾卡占上風，所以亞蒂只能看著它漸行漸遠的背影，大發牢騷：
「真是的！每次這種時候都這麼任性!!哼！飛翔騎士隊，快點推船！有魔獸靠近的話，就各自判斷使用法擊牽制！」

伊迦爾卡獨自飛過空中。艾爾之所以不帶亞蒂一起去，並不是因為任性。根據他目擊的飛翔騎士的末路，以及推測出來的魔獸能力，察覺到一件事。
「連幻晶騎士都能腐蝕掉的高可溶性酸雲，對欠缺遠距離火力還有靈活機動性的飛翔騎士，實在太不利了。」
魔力轉換爐隆隆作響，魔導噴射推進器也持續發出尖銳的爆炸聲，推動伊迦爾卡以接近法彈的速度破空而去。
「這些魔獸……就由我和伊迦爾卡來葬送！」
伊迦爾卡舉起雙手和背上的四把銃裝劍，和脫離戰區的飛翔騎士擦身而過後，便鎖定一隻帶頭負責偵查的蟲型魔獸。

牠鎮守在自己產生出來的酸雲中。看來這種腐蝕性的體液似乎對本體無害，牠完全不把酸雲當一回事。

伊迦爾卡朝酸雲的正中央射出轟炎之槍。熊熊燃燒的法彈出其不意地飛來，精準地刺入魔獸的身軀，產生出的酸雲隨即爆散開來。雖然蟲型魔獸被炸得四分五裂，可是牠還在燃燒的殘骸和體液也一口氣灑落四周。體液迅速氣化，在空中產生巨大的酸雲。

「不管是死是活都這麼麻煩!!」

伊迦爾卡轉動推進器，繞過出現在眼前的巨大酸雲。同時不停朝雲的對面發射法擊。那裡還有前來增援的蟲型魔獸群。因為才剛目睹同胞在眼前被炸成碎片，魔獸們意識到轟炎之槍的危險性，不約而同地採取迴避行動，但也因此被隨之而來的法擊攔住去路，牠們不悅的發出刺耳的振翅聲。

「我不會讓你們過去喔。」

伊迦爾卡昂然立於大軍之前，身纏推進器吐出的火焰。因憤怒而扭曲的雙眸緊盯著魔獸們。

眼球水晶捕捉到的景色顯示在幻象投影機上。艾爾仔細觀察蟲型魔獸的樣貌，發現一件事。賦予魔獸機動性、高速震動的翅膀後方，還有另一對靜靜散發出七彩光芒的翅膀。

「那個光芒是……那些蟲子可能也是利用乙太飛行的。這就是牠們行動迅速的秘密嗎？那麼，伊迦爾卡的機動性一定更有利。」

沒有使用源素浮揚器的伊迦爾卡，全靠魔導噴射推進器提供飛行時所需的動力。雖然會消耗極為龐大的魔力，卻使機體能夠在空中隨心所欲地移動。相較於利用浮揚力場、以平面移動為主的蟲型魔獸，應該多少有些優勢吧。

這時，蟲型魔獸發射體液彈。那些體液彈在空中前進一段距離後爆炸開來，形成大量白色酸雲，將伊迦爾卡和蟲型魔獸隔開了。

「想阻止我靠近嗎？沒用的，銃裝劍的法擊可以打到雲對面！」

艾爾一舉起銃裝劍，便朝隱身於酸雲中的魔獸黑影放出法擊；蟲型魔獸則仗著天生的敏捷躲開襲來的致命炎彈。看來同一招沒辦法這麼容易擊中。

「牠們的動作說不定還比飛翔騎士更快，而且還不能隨便接近。真是有夠麻煩。」

即使艾爾又放出好幾次法擊，卻還是被避開了，而且酸雲仍然沒有散去，所以伊迦爾卡也無法主動靠近，只能焦躁地看著時間不停流逝。這時，艾爾心中突然浮現一個疑問。

「奇怪，為什麼牠們不靠過來？我方需要爭取時間，但牠們大可以主動進攻。何況魔獸發動的攻擊並非無效。」

酸雲確實能有效阻擋伊迦爾卡接近，但魔獸沒有理由躲在雲裡面。難不成是等著我像傻瓜一樣自己衝進酸雲裡嗎？就在艾爾偏著頭，百思不得其解的那一瞬間，他的腦中閃過一個恐怖的可能性。

「難道說……不可能。怎麼會這樣!?」

他驀地瞪大雙眼，火速讓伊迦爾卡轉過身去。眼球水晶捕捉到的光景證實他不祥的預感。三隻蟲型魔獸無視伊迦爾卡，正朝著船隊飛過去。為了不讓牠們放出可怕的酸雲，飛翔騎士與法擊戰特化型機則展開猛烈的法擊。

一股戰慄襲上心頭。在眼前翻騰旋繞的酸雲所顯示的意義，一口氣翻轉。

「……那不是攻擊或防禦，而是煙霧彈！這邊的都是誘餌！怎麼可能，魔獸居然採取了『戰術性的行動』!?」

在人類與魔獸交戰的漫長歷史中，這種被稱為魔獸的生物從來不曾有過戰術性的行動。雖然偶爾會出現由個體統率族群的種類，但是牠們也沒有聰明到能做出『放出煙幕，留下誘餌，並且分散戰力繞過阻礙』這種如此複雜的行動。

因此，連艾爾都完全沒有考慮到這個可能性。不如說，戰鬥經驗愈是豐富的騎士，就愈無法想像這種情況。

「被擺了一道！」

飛翔騎士與法擊戰特化型機，沒有能夠有效對抗酸雲的手段。但是，就算知道已經掉進敵人的圈套，他也別無選擇，只能讓伊迦爾卡後退。

◆

飛空船隊放出法彈彈幕，試圖逼退糾纏不休的蟲型魔獸。體液彈的存在讓飛翔騎士無法進行格鬥戰。光是讓牠們靠近，就有可能連同飛空船一起被擊墜。在缺乏對抗手段的情況下，他們迫不得已陷入苦戰。

「可惡，不行啊。速度不能再快了，這樣下去甩不掉！」

「別說喪氣話，繼續射擊就對了！讓牠們靠過來可是會全滅啊！」

憑藉火力優勢的法擊在現階段仍有效果。追上來的蟲型魔獸有三隻。要是被法彈擊中，對牠們來說也是不小的損害，所以才能勉強把牠們擋在體液彈的有效射程外。

然而，原本只曉得一直線前進的魔獸，卻在此時突然改變行動。牠們先暫時脫離法擊範圍，接著便朝船隊的前進方向加速飛行。那樣的行為只代表一件事。

「不妙……那些傢伙打算繞到前面！」

幾架飛翔騎士立刻脫離船體展開攻擊，但因為過於警戒酸雲，所以無法靠得太近。蟲型魔獸游刃有餘地甩開零星的法擊並發射體液彈。當體液彈陸續炸裂，船隊的航線前方就生出一朵朵帶有劇毒和強烈腐蝕性的酸雲。

「牠們堵住航線了！快轉舵，這樣下去只有死路一條！」

「快點把那些蟲子解決掉！不然又會被繞到前面去！」

巴特森半是慘叫著回應，同時轉動船舵。被攔住去路的船隊慌忙改變前進方向，但陷於被動的他們早已失去活路。

蟲型魔獸彷彿在嘲笑他們的努力一般，不斷在船隊的航線上製造酸雲。即使飛翔騎士合力推動船體加速，可是龐大的飛空船因其體積而前進速度緩慢。船隊想取得主導權已經是不可能的事。

飛翔騎士為了確保航線，持續施放法擊，但這份努力並未化為果實，酸雲在空中逐漸擴散，令船團的航路愈來愈狹窄，包圍網已經在他們眼前完成了。

「不行！不管朝哪邊前進都會碰到酸雲！」

最後，船隊的周圍都被酸雲包圍了。在絕望的氣氛中，駕駛席爾斐亞涅的亞蒂仔細觀察酸雲的動向。

白色的雲霧在空中翻騰飄盪，並非靜止不動，而是非常緩慢地移動著。看清楚雲霧方向的變化後，亞蒂大叫道：

「不要放棄！仔細看，那些酸雲正在慢慢往下擴散。酸雲比空氣重，往上就逃得掉了！飛空船，快點向源素浮揚器供應乙太！提升高度後脫離包圍！」

每艘船抱著孤注一擲的決心，開始朝源素浮揚器注入乙太。輸出功率提高的浮揚力場正準備將飛空船向上抬起——

可惜，在他們提升高度以前，蟲型魔獸已經穿過酸雲，向他們衝過來。既然已經堵住獵物的所有去路，怎麼可能還慢吞吞地等著他們上升。

「用法擊迎戰！爬升，拜託快一點！這樣下去……」

飛空船發射法彈試圖阻止魔獸接近，但是在混亂之中，完全無法鎖定行動敏捷的魔獸。眼看無法阻止魔獸接近，拉法葉於是展開行動。

「由我們拖住魔獸的腳步！無論如何都不能讓牠們靠近船!!」

他高喊道，魔導光通信機飛快地閃爍，發出衝刺的信號。直屬於他的小隊即刻給予回應，奮不顧身地衝向前迎戰魔獸。戰力比是一對一。若是考慮到魔獸的特殊能力，戰況可說是相當令人絕望。即使如此，他們依舊不打算退縮。

「保護……船的騎士可不只有那個人！」

拉法葉短暫地朝遠方瞥一眼，腦海中浮現出理應在那個方向的英雄的身影。下一秒，推進器噴濺出火焰，手拿騎槍與魔導兵裝的飛翔騎士小隊一邊斷斷續續地發射法擊，一邊縮短與魔獸之間的距離。

蟲型魔獸們不悅地高聲振翅，以敏捷的動作躲開那些法彈，並向逼上前來的敵人回敬體液彈。

「大家散開！躲避攻擊!!」

飛翔騎士們翻身硬是改變前進的路線。感受到酸雲在背後擴散開來，繞過以後再次緊追而上。魔獸們則像是嘲笑一般地直接通過酸雲，悠然飛向船隊。

「怎麼能讓你們得逞！我還有一招殺手鐧!!」

拉法葉機突然扔掉騎槍和魔導兵裝，不顧一旁大驚失色的隊員們，減輕重量的拉法葉機猛地開始加速，一口氣縮短與蟲型魔獸的距離，然後他放開操縱桿。

「……教官，接下來就拜託妳了！」

裝在機體後部的小型連發投槍器同時改變方向。外罩開啟，魔導短槍從裡面一支支飛射而出。拉法葉將全部神經集中於短槍的控制上，徹底放棄迴避，捨命將一切賭在魔導短槍的操作上。

魔獸們察覺到魔導短槍接近而紛紛採取迴避行動。有線操縱的短槍則在牠們身後緊追不捨。眼見短槍的加速度快得驚人且愈來愈近，魔獸們再次從腳部關節製造體液，朝四周胡亂飛射一通。迅速氣化的體液形成一朵朵的酸雲。

追過來的魔導短槍於是鑽進雲裡。雖然槍體本身撐了好一陣子，連結的銀線神經卻不敵腐蝕性毒物的威力，中途便溶解斷裂。這下短槍不僅失去魔力的供給，連導向的功能也一併失效，只能徒然往下墜落。

「怎麼可能……連這個也行不通嗎!?那魔獸到底是什麼鬼!!」

魔獸把無計可施的飛翔騎士拋在後頭，逕自往飛空船隊逼近。腳關節上噗滋地產生球狀的體液。假如讓牠發射體液彈，製造出更多酸雲的話，這次恐怕不只飛空船，連船體周圍的飛翔騎士們也不能倖免於難吧。

「為什麼……怎麼可能!有誰……快阻止牠!」

當魔獸即將放出充滿惡意的酸毒，一支從後方飛來的熾熱炎槍貫穿牠的身軀。炎槍挾帶著超越法彈級別的猛烈爆炸，一擊就把魔獸轟成碎渣。那些殘渣只留下一股巨大的酸雲，便從高空墜落。

拉法葉愣愣地回頭看去，通過幻象投影機映照的光景，是有如流星般帶著火焰尾羽橫空而入的存在。

「一隻!來吧，下一個!!」

——是伊迦爾卡。因為蟲型魔獸們轉移了注意力，所以奇襲成功了。伊迦爾卡順勢再用銃裝劍發出一擊，又一隻魔獸遭到擊落。

「接著還剩下……糟了，太近了!」

伊迦爾卡舉起銃裝劍對準最後一隻魔獸，可是卻無法發射法擊。在擊落另外兩隻的期間，不小心讓最後一隻靠到離飛空船太近的地方。如果現在直接將牠擊落，飛散的體液所產生的酸雲就會直接包圍住飛空船和飛翔騎士，那樣究竟會造成多少損害啊？

艾爾情急之下將推進器的動力提升到最大。伊迦爾卡風馳電掣地飛出去，直接從側面撞向蟲型魔獸。

挨了鎧甲武士的全速衝撞，魔獸的甲殼上劈哩一聲出現裂痕，不過沒有噴出體液。這種大小的魔獸甲殼也有一定的堅硬度。若不用武器貫穿，或利用法擊破壞，其他攻擊很難發揮效果。

艾爾則是反過來利用這一點。伊迦爾卡的推進器噴出更熾熱的火焰，推著蟲型魔獸移動。利用火力全開的四具魔導噴射推進器將魔獸撞飛後，待牠和飛空船離得夠遠，再用轟炎之槍一陣猛轟。接近船隊的三隻魔獸中，最後一隻留下一朵酸雲墜落了。

「那就是伊迦爾卡。銀鳳騎士團旗機的力量……!!」

目睹整個過程的拉法葉目瞪口呆地低語。鬼面的鎧甲武士以壓倒性的力量擊敗讓他們陷入苦戰的恐怖魔獸。見識到王國最強的單體戰力，他全身竄過一陣莫名的冷顫。

待伊迦爾卡排除魔獸之後，飛空船隊也爬升到足夠的高度，再度展開加速。艾爾稍微鬆口氣，這時，席爾斐亞涅向他飛過來。

「艾爾，該回去了。我們要直接逃跑！」

「不行啊，亞蒂。妳看，魔獸的本隊就在那裡，還想繼續追擊。好像不打算放我們一馬呢。」

因為阻擋去路的伊迦爾卡已經離開，所以剩下的蟲型魔獸本隊也跟著行動。只見牠們背後拖著七彩的光輝，提升高度逐漸接近船隊。

「亞蒂，飛翔騎士的指揮就交給妳了。那些由我去解決。」

「艾爾！真是的！為什麼又把我丟下啦——!!」

伊迦爾卡轉身再度朝魔獸集團衝過去。亞蒂隨後發出的喊叫聲甚至來不及傳進他耳中。

◆

「剛才居然敢擺了我一道。」

迎戰蟲型魔獸的伊迦爾卡連續發射銃裝劍，擋住牠們的去路。令人意外的是，魔獸沒有繼續追趕飛空船隊。牠們躲開法擊後也不再加速，這次則是將腳指向伊迦爾卡。

「呵呵呵，這樣就對了。來吧，過來這邊。那樣才不枉我剛才大鬧了一場。」

蟲型魔獸們也理解到擁有致命攻擊力，而且能以高速在空中自由飛翔的伊迦爾卡才是最大的威脅。因此，打算將打倒伊迦爾卡當作第一要務。

「不過，這樣就沒辦法輕易回船上去了。哎，算了。」

他用轟炎之槍逼退蜂擁而上的蟲型魔獸，以及牠們利用酸雲所形成的包圍網。即使伊迦爾卡再強大，也抵抗不了酸雲的侵蝕。眼看著就要被蟲型魔獸逼進死路，但是，艾爾的眼中沒有絕望與恐懼。

「別搞錯了，是我不會放過你們。」

相反的，在他眼眸深處燃起深不可測的憤怒之火。那股殺氣騰騰的意志甚至超越轟炎之槍的火焰。

「放出腐蝕性體液的蟲型魔獸。你們就像是鋼鐵幻晶騎士的天敵。」

熱愛幻晶騎士的狂人——艾爾涅斯帝不可能容忍蟲型魔獸那一類的能力存在。

「那麼，對我來說，你們就是不共戴天的仇敵。怎麼可能放過你們任何一隻存在於這世上!!」

皇之心臟和女皇之冠的輸出動力飆升到最高，鬼面六臂的鎧甲武士發出咆哮。一場傾注雙方一切戰力的殲滅戰即將展開。

◆

鬼面六臂的鎧甲武士昂然立於空中，將漸行漸遠的飛空船隊護在身後。外形與甲蟲相似的魔獸則圍在他四周，發出嘈雜刺耳的振翅聲。雙方無言對峙，只有時間不斷流動。

「好了，一起上吧，伊迦爾卡。一起殲滅我們的敵人！」

讓伊迦爾卡停留在空中的動力來源──魔導噴射推進器噴出更為旺盛的火焰。蟲型魔獸們也與他同時展開行動。往左右兩側分散開來的魔獸們一齊向前，打算夾擊伊迦爾卡。

所有的魔獸幾乎在同一時間伸展腳部的關節，射出體液彈。這種魔獸的體液能透過氣化炸裂的方式，產生具有強烈腐蝕性的酸雲，其威力甚至連幻晶騎士都能溶解掉。如果被那些白色的雲霧圍起來，就算是以堅韌見長的伊迦爾卡也撐不了多久吧。

當然，伊迦爾卡也不會單方面承受攻擊。它加強推力向上攀升，躲過爆炸開來的白霧，接著順勢來到蟲型魔獸的上方，往下發射銃裝劍。

熊熊燃燒的轟炎之槍劃出燒灼的軌道橫空飛去，猛然穿過白色雲霧，但是蟲型魔獸早已不在原地。魔獸們充分發揮出天生的機動性，不停地變換位置，超越飛翔騎士的超高迴避能力極具威脅性。

在伊迦爾卡與帶頭向前的魔獸交手的期間，留在遠處的其他個體也開始接近。牠們的戰術

雖然只是以數量取勝，但麻煩之處不只如此。

「這些魔獸果然不是各自採取行動。行動之間感覺得到牠們互有聯繫。只不過是會採取戰術性合作而已，沒想到就變得這麼難對付呢。」

艾爾當然沒有理由乖乖等敵人包圍。伊迦爾卡一邊利用推進器不停移動，一邊擊發銃裝劍，牽制敵人的動作。

在雙方還有段距離的狀態下，命中率其實不盡理想。不過，要是再這樣拖下去，只會落得四面八方都被酸雲包圍的下場。

「殲滅已經是既定事項……但要是不想辦法擾亂牠們的合作，可能會有點棘手……喝！」

下方的魔獸往上射出體液彈。伊迦爾卡躲開了——然而，這次攻擊還沒有結束。體液彈繼續往上飛一段距離後爆開來。沒錯，就是在伊迦爾卡的正上方。

「不想讓我掌握制空權嗎!?」

酸雲呈傘狀擴散開來後，便慢慢開始下沉。為了逃離當頭罩下的酸雲，伊迦爾卡猛地轉動推進器開始下降，而早已等在下方的蟲型魔獸則用體液彈對他展開熱烈的歡迎。熱烈得足以將它全身溶解殆盡。

見狀，艾爾馬上朝魔導噴射推進器注入更大量的魔力。提高輸出動力的推進器，驅策機體展開猛烈的加速。

伊迦爾卡搶在爆炸之前穿過體液彈幕，猛然逼近魔獸，並且在與魔獸擦身而過的同時順便賞牠們幾發銃裝劍。

熊熊燃燒的火球刺進魔獸的頭部，接著盛大地爆炸。蟲型魔獸的血肉伴隨爆風四處飛散。在殘骸產生氣化反應、形成巨大的酸雲之前，伊迦爾卡就飛出魔獸的包圍網。

「既然敵人會採取戰術性的行動，等待對方先動手會很不利。我得奪得主導權……嗯!?」

這時，艾爾發現幻象投影機上顯示的可疑身影。由於伊迦爾卡爆發性的加速，應該把包圍它的魔獸全拋在後方才對，但是現在前方卻出現敵影，那就表示有魔獸留在原地。

艾爾感到驚愕的原因不只是敵人增加，而是前方的蟲型魔獸明顯跟其他的同伴不一樣。牠的體型還要大上一圈，甲殼呈現黯淡的紅褐色。背後的翅膀數量也比較多，正小幅度地振動著。腹部有個奇怪的隆起，而且不知為何，只有那裡帶著金屬的光澤。

那對形狀詭異的複眼散發出黯淡的光芒，緊盯著伊迦爾卡不放。下一秒，牠發出像是用蠻力摩擦弓弦那樣的尖銳叫聲，幾乎撕裂空氣。

與此同時，追著伊迦爾卡的蟲型魔獸們一齊改變行動模式。原本一直線朝它撲過來的群體，現在卻分成兩組並射出體液彈。牠們沒有直接瞄準伊迦爾卡，而是在兩側爆開產生出酸雲。

艾爾瞪著左右兩側的白雲，很快推測出這次攻擊的意圖。

「……這樣啊。想堵住我的退路嗎？還以為難得看到有戰術性的魔獸，原來是有負責指揮的個體。」

艾爾馬上理解到，眼前的巨大個體正是這群蟲型魔獸的『大腦』。

「那麼，你的存在本身也就是弱點了！」

艾爾毫不遲疑地讓伊迦爾卡向前。只要能排除掉向其他蟲型魔獸發號施令的個體，就能瓦解牠們麻煩的聯手攻擊。這麼一來，剩下的就是各個擊破了。具強烈腐蝕性的體液雖然還是很不好對付，但單體能力遠遠不及伊迦爾卡。

紅色魔獸朝急速接近的伊迦爾卡伸出收折起來的腳，從關節部位射出體液彈。牠張開口腔，發出比剛才小聲許多的鳴叫聲，伴隨魔法現象發生的光芒亮了起來。

周圍的空氣開始聚攏、捲動。紅色魔獸所顯現的不只是爭取飛行距離的魔法現象，更在飛散的體液氣化形成酸雲的同時捲起狂風，使其開始流動旋轉。

不久，眼前便出現一個極具毀滅性的酸性龍捲風，將所有事物捲入並且腐蝕殆盡。在空中盤旋扭動的大蛇吐出舌頭，襲向眼前的獵物（伊迦爾卡）。

「真壯觀！群體的老大攻擊力也是最強嗎！」

四周圍繞著酸雲，前方又有大範圍的龍捲風直撲而來。還以為伊迦爾卡這下肯定無處可逃，卻看到它一口氣改變推進器的方向。

火柱朝頭上竄升，推力加上重力使得伊迦爾卡的身軀急速往地面落下。酸雲的確比空氣還重，會漸漸下沉，但其下沉的速度也不算快。伊迦爾卡鑽過酸雲下方的空隙，劃出一道逆弧線朝紅色魔獸前進。

然而，蟲型魔獸不可能輕易讓他逃脫。一陣刺耳的拍翅聲嗡嗡作響，又見牠們緊追在後。

「雖然想先打倒帶頭的，看來這邊也不能放著不管呢！」

面對一有空檔就射出體液彈的魔獸，伊迦爾卡也不斷用轟炎之槍反擊。爆炎與酸雲一來一往，將天空一隅染成斑斕的色調。

期間，紅色魔獸則是拉開距離，居高臨下地俯瞰同伴與伊迦爾卡的交戰情況。閃爍黯淡光芒的複眼配合當下的戰況做出反應。每當牠歌唱一般發出的鳴叫聲改變音階，蟲型魔獸也會隨之調整行動模式。那隻紅色魔獸明顯能夠把握『戰況』，並且擁有根據戰況下達指揮的智力。

這究竟有多麼驚人，又多麼難纏，看過去擊敗許多魔獸的伊迦爾卡陷入苦戰的模樣就能明白。

艾爾擊落穿過酸雲進行突擊的蟲型魔獸，臉上同時不禁露出苦悶的表情。就算完全發揮出伊迦爾卡的性能，仍然無法輕易擊潰敵人。魔獸的數量確實正在減少，但牠們總會在同伴被殺掉的下一瞬間採取新的應對模式。

「唔，就只能慢慢減少敵人的數量了……嘿！」

蟲型魔獸從四面八方發射另一波體液彈攻擊，打算將這一帶全部填滿酸雲。原本直線飛行的伊迦爾卡也立刻改變動作，將魔導噴射推進器分別轉向不同方向，在空中開始迴旋，並利用噴射的威力吹散逼近的白雲。

「光是躲避還不能解決，就是這種攻擊的麻煩之處。但是，體液彈應該也不是無窮無盡才對……」

艾爾話說到最後愈來愈小聲。因為他發現幻象投影機上顯示的景色有異常。

本來在高速飛行中迅速流動的景色，居然漸漸慢下來。他很快就找出原因。肩部的魔導噴射推進器推力大幅降低。儘管避開直擊，可是周圍依然充滿稀薄的酸雲。推進器在一點一點地吸入的過程中，終於導致內部的紋章術式毀壞，喪失正常的機能。

讓伊迦爾卡停留在天上的那股龐大力量正在漸漸流失。雖然腰部的推進器還在運作，能夠勉強行動，但是那也無法改變它正在失去最大的武器還有生命線的事實。

「酸雲……沒有直接碰到也可以發揮效果啊。雖然沒有低估它的威力，但是這次可能真的搞砸了？」

伊迦爾卡擁有超乎常規的輸出動力，可是裝載各式各樣裝備的機體，重量也同樣驚人。之所以配備好幾具魔導噴射推進器，就是因為需要那麼龐大的推力。見伊迦爾卡的動作變得遲鈍，蟲型魔獸便趁機一擁而上。

「……呼。還想說攻擊一波接一波地來，原來是在等待這個時候嗎？以為現在動作變慢了就打得過？又不是在狩獵，別太瞧不起人了!!」

伊迦爾卡舉起銃裝劍，朝一齊猛攻過來的蟲型魔獸胡亂射擊。蟲型魔獸則以敏捷的機動性躲過熊熊燃燒的紅色長槍，完全沒有減緩速度。就是因為獵物變弱了，所以才要趁這時候給予致命一擊。

魔獸的腳發出喀嘰喀嘰的聲響舉向伊迦爾卡，從關節處分泌出體液，準備發射。

這時，蟲型魔獸的視野中閃過一條銀色的絲線。魔獸還來不及做出反應，某個高速飛過空中的物體就從側面刺入牠的頭部。那是從伊迦爾卡背上的手臂伸出的破壞之拳——『執月之手』。用銀線神經與本體連接的執月之手，能透過艾爾的操作在空中自由飛舞。

緊接著，就看到蟲型魔獸從體內噴出爆炎，燒毀的殘渣一塊塊往地面墜落。不過，執月之手也因此遭到溶解破壞。脆弱的銀線神經就不用說了，直接碰到體液的拳頭更是整個消失。失去執月之手對伊迦爾卡而言雖然是一大損失，但這樣的犧牲並沒有白費。

「你們還有另一項弱點，那就是指示改變之前的時間差!!」

見同伴突然被擊倒，蟲型魔獸一時之間陷入混亂。艾爾沒有錯過這個機會，馬上展開猛烈的反擊。轟炎之槍刺入甲殼，把剩下的魔獸全轟成碎片。

於是，天空又恢復寂靜。

蟲型魔獸發出的刺耳振翅聲停了下來，只留下有點難以維持平衡的伊迦爾卡浮在空中。

「船隊也已經退到夠安全的地方了。剩下的……就是解決你。」

伊迦爾卡的鬼面瞪向上空。酸雲對面隱約可見巨大的黑影。即使失去所有手下，擔任指揮官的紅色魔獸還是一樣平靜地浮在那裡。

「沒有了執月之手，裝備也只剩下兩把銃裝劍和兩具魔導噴射推進器。想要盡情大鬧一場還稍嫌不足，可是……」

伊迦爾卡的機體已經算得上滿目瘡痍。豈止是武裝，連推力都降低一半。光靠這些實在無法發揮出伊迦爾卡原有的戰鬥能力。

何況，四周還充滿之前戰鬥時敵方所釋放出來的酸雲。最後殺掉的魔獸屍骸更使得情況雪上加霜。飛散的體液變成酸雲，擴散到相當大的範圍。就連在空中飛翔都有困難。艾爾和伊迦爾卡還得在這樣不利的條件下打倒紅色魔獸。

紅色魔獸像是在嘲笑陷入窘境的伊迦爾卡，發出沙啞的鳴叫聲。

憑那隻魔獸的智力一定可以理解，伊迦爾卡想到達能與牠戰鬥的地方，就必須突破這層厚重的酸雲，而這段距離對現在的伊迦爾卡來說，簡直是遙不可及。

即使如此，艾爾還是飛向前去。他讓腰部剩下的魔導噴射推進器以最大輸出功率運轉，筆直衝向眼前慢慢下沉的厚重酸雲層。

「酸雲的強大在於它的氣體性質。同時也代表和氣體有一樣的弱點。」

伊迦爾卡舉起兩把銃裝劍，在法彈射出的前一刻，將瞄準的方向『往內側』傾斜。從銃裝劍筆直飛出的法彈就在前進方向的某一點上交會了。不偏不倚地在空中碰撞的法彈旋即化作猛烈的爆炎。由魔法現象掀起強大的火焰與爆風，在酸雲上鑽出一個洞。

氣體狀的酸雲很輕，所以艾爾故意讓法擊互相碰撞，並利用其產生的爆風吹散白雲。又因為有半數的魔導噴射推進器無法使用，所以能將更大量的魔力注入銃裝劍。

接二連三射出的法彈綻放出一朵朵爆炎之花，最後在酸雲間打穿一條道路，一條通往紅色魔獸的道路。伊迦爾卡從還留在空中的火焰殘渣之間穿梭而過，終於突破看似無人可破的酸雲。

紅色魔獸開始朝周圍撒下體液，準備迎戰迫近的伊迦爾卡。同時產生魔法現象，打算再一次引發毒龍捲風，然而——

「太慢了！關閉進氣裝置！這就是最後一擊!!」

比起先一步展開行動的伊迦爾卡，魔獸的動作慢了一步。舉起銃裝劍作勢欲砍的伊迦爾卡已經近在眼前，劍尖直指紅色魔獸的門面，但就在這一瞬間……

一個巨大的影子發出高聲鳴叫，突然從側面衝過來。那是紅色魔獸的手下。原來還有躲在酸雲裡，偷偷存活下來的個體。

那隻魔獸也不管銃裝劍已經殺到眼前，毫不猶豫地飛過來。牠不躲也不閃，就那樣挺身擋到劍尖之前。這樣的距離根本來不及收手，乘著飛行速度的斬擊將魔獸的甲殼砍成兩段，連帶破壞內部組織。

「怎麼可能……幫牠擋劍？魔獸居然會做出捨身的行為!?」

就算有智慧——不，愈是有智慧的生物，就愈不可能做出自殺行為。如果擔任指揮官的紅色魔獸算準了這一點，那樣的戰術實在太不正常了。

挺身為紅色魔獸擋下攻擊的蟲型魔獸，牠真正的目的還在後頭。體液從被砍斷的傷口中狂噴而出，再經氣化後產生酸雲。

魔獸的行動不只是扮演肉盾，而是犧牲性命，在伊迦爾卡絕對無法躲開的狀況下發動酸雲攻擊。

艾爾為了進行格鬥戰，關閉了進氣裝置。多虧如此，他才沒有當場被酸雲毒死，但是魔導噴射推進器就沒這麼幸運了。一吸進迸散的酸雲，動力馬上急速下降。撞上蟲型魔獸而減低速度的伊迦爾卡已經束手無策，失去火焰的鎧甲武士隨即往下墜落。

「嗚……再一下下！伊迦爾卡！拜託你，再撐一下！」

伊迦爾卡因墜落而僥倖脫離酸雲範圍，它硬是湊集近乎崩毀的紋章術式，點亮微弱的生命之火。魔導噴射推進器掙扎著吐出最後的火焰，藉由僅剩的推力減緩速度，好不容易才活著降落到地面。

然而，艾爾並沒有因此獲得喘息的時間。

一道黑影落在伊迦爾卡的頭頂上。它抬頭一望，眼前是剛才被砍死的蟲型魔獸的屍體。屍體掉落到伊迦爾卡附近，然後『摔成肉醬』。體液與身體組織四處飛散，劇烈氣化，產生的酸雲以爆發性的速度立即擴散。如今已失去所有推進器、渾身殘破不堪的伊迦爾卡根本無法逃脫。

在地面四處蔓延的致命雲朵，吞沒鎧甲武士的身影。

◆

「該死！喂，戰況到底怎麼樣了!?」

老大坐在飛翼母艦出雲的船長席上，粗聲吼著。伊迦爾卡的奮戰使得飛空船隊爭取到魔獸無法追來的距離。這時戰場已經遠在地平線的另一端，緊繃的氣氛也開始和緩下來。

「不知道啊。但是總不可能繼續留在看得見戰況的地方。」

「那種事我也知道！啊——！可惡！」

握著船舵的巴特森板著臉回答，老大也大聲地回喊過去，然後慢慢離開船長席，在艦橋內來回踱步。最後，他下定決心大喊道：

「好，向其他船傳令！讓出雲掉頭，就說我們要去接少年了!!」

「我不能同意。」

一道冷靜的聲音立即打斷他。

老大回過頭一看，在那裡的是紫燕騎士團團長『托爾斯帝・科斯坎薩羅』。由於事態緊急，所以他從原本的船上移動到這裡。

「要是少了這艘出雲，船隊的防衛能力就會大幅下降。現在由我負責指揮船隊，不可能允許你們那樣胡來。」

「我會把飛翔騎士全留下來。這不就沒問題了嗎？」

老大堅持不肯改變想法。在艦橋上包括巴特森在內的其他船員們也是。硬要說的話，他們比較贊成老大的想法。畢竟他們都是銀鳳騎士團的一員。然而，托爾斯帝也完全不願讓步。

「在那裡的可是我們的團長。我們到他身邊去也是理所當然的吧。」

「可是，霍普肯船長。正是那位團長指示要你們走的，而且就算讓出雲過去，也只會礙手礙腳而已。那邊的戰場沒有飛空船介入的餘地。」

老大一時間無言以對。假如被具有毒性和腐蝕性的酸雲捲入，就連飛空船也會馬上墜毀。出雲當然也不例外。

艾爾會叫他們走也是因為這個原因。如果出雲現在過去，恐怕只會扯後腿。在這件事情上是托爾斯帝佔理，老大則是基於往日情誼。到底該聽哪一邊的意見，團員們也非常猶豫。

「……誰管那麼多。我們不可能丟下少年。」

「是啊。走吧，大家快點準備。」

即使如此，老大依然頑固地聽不進勸說。巴特森也在一旁附和著。他是艾爾的兒時玩伴，情誼自然不比一般。托爾斯帝瞪著兩人說：

「那裡現在……充滿毒雲。要是去到那種地方，不只是你，這整艘船上的人都得陪葬。你以為他到底是為了什麼留在那裡戰鬥!?到底是誰在無視埃切貝里亞團長的命令!?」

由於他強硬的干涉，巴特森緊握著船舵的手停下來。船舵在矮人族的握力下發出擠壓的聲響。

「你看不過去的話，就由我來開船。給我滾開！」

老大一把推開停止動作的巴特森，自暴自棄地試著抓住船舵，但他的手卻被托爾斯帝硬是壓住。

老大殺氣騰騰地瞪向托爾斯帝，對方也回以不輸給他的堅定目光。雙方就這樣無言地互瞪好一陣子。

「萬一出雲被擊墜，他的戰鬥就全部白費了。」

聽見托爾斯帝低聲這麼說，老大終於吞下反駁的話語，咬牙切齒地慢慢放開船舵。

就在這時，一名紫燕騎士團的團員跑進來，剛好打破艦橋裡的緊張氣氛。看見互相瞪視的托爾斯帝和老大，他遲疑了一下，卻又很快因為義務感而重新振作，開始進行報告。

「報告！經過確認，紫燕騎士團的飛翔騎士隊除了一架機體以外，全員都平安生還！可是……」

見騎士團員面露猶豫之色，托爾斯帝催著他說下去。他終於下定決心，接著報告。

「這個……並非紫燕騎士團，但我們到處都找不到歐塔教官。」

艦橋裡一時為之騷然。老大瞪大布滿血絲的雙眼抬起頭來，然後閉上眼睛，呻吟著說道：

「嗚!!……是小姑娘啊。這樣啊……我想也是。少年都不在了，她怎麼可能待在這裡……可惡，只有妳去太不公平了。」

老大深深地嘆口氣，當場癱坐在地上。即使明知是條不歸路，比任何人都執著於艾爾的亞黛爾楚也絕對不會猶豫。老大甚至有點羨慕能夠拋下一切飛過去的亞蒂。等到終於冷靜下來之後，他才慢慢站起來。

「讓船隊暫時在這裡待機。如果少年沒有回來的跡象……」

「好。我當然也不想拋下他。真的不行的時候，就派出飛翔騎士進行搜索吧。」

說完，老大就踏著沉重的腳步回到船長席，一語不發地坐下。

之後過了幾天，飛空船隊一直等待著艾爾與亞蒂歸來。

但是不管再怎麼等，伊迦爾卡與席爾斐亞涅都沒有回來。儘管紫燕騎士團的騎士們熱心地主動組成搜救隊，但是別說是伊迦爾卡和席爾斐亞涅了，他們連蟲型魔獸的影子都沒看到。

「……回去吧。向西返航，回國了。」

過了一週後，船隊終於還是決定回到本國。

第五十四話　沒有他的所在

弗雷梅維拉王國，東部國境線。

在沿著魔獸大道上建起的要塞裡，派駐於此的騎士們忽然注意到天上落下一道影子，因此抬起頭來。一個漆黑、巨大的存在於逆光中飄浮。那艘『船』的船帆迎著風大大鼓起，悠然橫空而過。

「有飛空船從博庫斯過來？而且那個紋章是……銀鳳騎士團！他們回來了！」

看見船帆上的紋章，騎士們紛紛揮動雙手歡呼著。

運輸飛空船整齊地圍繞在出雲周圍。幾個月前啟程前往博庫斯大樹海進行調查的船隊，如今終於平安返航了。

越過森林的盡頭，要塞和街道的景色在眼底下拓展開來。人類發展文明、活動的場所——看到這幅景象，飛翼母船『出雲』的艦橋裡，籠罩著一股格外沉默的氛圍。明明結束了長期的調查飛行任務，終於能夠回到家鄉，但是沒有任何一名團員流露出喜悅之情。

沉默的中心源於坐在船長席上的人物。他的身高很矮，但是體格結實健壯。那個人正低垂著頭，維持雙手抱胸的姿勢一動也不動。老大，也就是『達維・霍普肯』過了好一陣子後，才慢慢抬起頭來。

「……已經回到這裡了啊。」

他呻吟著擠出這一句話，瞇起眼望向窗外的景色。從他身上完全看不出平時的霸氣，就像一座熄了火的爐子一般。

「是啊，我們回來了。雖然和原本的陣容不一樣，但我們還是成功達成了任務。」

一旁的紫燕騎士團長托爾斯帝開口回道。經過那一戰之後，他便作為整個船隊的指揮官搭乘出雲。

就算老大再怎麼欠缺霸氣，也將指揮船隊的責任交給托爾斯帝，但他堅持不肯讓出船長的位置，所以船長席現在還是屬於他的。不只是他，巴特森現在也還掌控著船舵，其他艦橋裡的人也都是原本銀鳳騎士團的熟面孔，沒有任何人離開自己的崗位。

「我們得先前往王城向陛下報告。不過，這件事就交給我吧。」

進入弗雷梅維拉王國的領空後，有件事是早晚都必須面對的。托爾斯帝向一臉茫然的老大這麼提議。他沒有馬上回答，片刻後，才灰心喪氣地說：

「好。在要塞的銀鳳騎士團還有……少年的家屬那邊，由我去告訴他們。」

最後他下定決心。飛空船承載著幾乎令人窒息的空氣，繼續飛越弗雷梅維拉的上空。

◆

得知弗雷梅維拉王國引以為傲的飛空船隊歸來，王都坎庫寧的氣氛一下子沸騰起來。每艘飛空船都沒有什麼顯而易見的損傷，因此大家也都深信他們平安完成困難的任務。過去無人敢涉足的博庫斯大樹海，解開其謎團的一天說不定真的到來了。人們對飛空船隊的調查結果莫不寄予厚望。

然而，沒想到最先宣布的是一項極具衝擊性的消息——

就是銀鳳騎士團團長『艾爾涅斯帝・埃切貝里亞』以及同團長輔佐『亞黛爾楚・歐塔』並未一同歸來。

托爾斯帝剛下飛空船，就立刻趕往王城雪勒貝爾城。

「……沒想到會是這樣的結果。」

聽完他長長的報告後，國王里奧塔莫思深深嘆一口氣，這麼說：

「回想起來，朕也只是毫無根據地相信不管誰被打倒，只有他一定會平安無事地回來。」

里奧塔莫思開始深刻地體會到這個結果的嚴重性。他們有許多收穫，但是，與失去的事物完全無法相比。

在他為此懊惱的期間，托爾斯帝繼續補充：有關體液能夠腐蝕金屬的凶惡蟲型魔獸，以及在飛翔騎士掩護飛空船時，伊迦爾卡拖住魔獸的腳步等報告的細節。結果，雖然伊迦爾卡成功保住船隊，可是它卻沒有歸還，席爾斐亞涅也在不知不覺間失去蹤影——

「真讓人想不透。平時看似灑脫任性，一到緊要關頭卻又自告奮勇地迎戰強敵。他不曉得恐懼為何物嗎……或者說，他只是喜好挑戰困難。」

賜予艾爾涅斯帝銀鳳騎士團的是先王安布羅斯，而他們也不負眾望，從成立初期以來便陸續創造出多項成果。

不只是開發新型幻晶騎士，在抵抗棘手的魔獸災害時，他們也被視為最強的戰力，建立起許多輝煌的戰果。

無論面對怎樣困難的狀況，銀鳳騎士團都不會退縮，而且至今未嘗敗績。因為這壓倒性的能力，而完全輕忽失敗的可能性，犯下這錯誤的不正是里奧塔莫思自己嗎？

「無論如何，目前的情況很麻煩。少了艾爾涅斯帝的這個漏洞，終究無法填補……」

就算找遍世界上的每一個角落，恐怕都找不到能夠取代艾爾的人。就連國王也無法預料他的失蹤究竟會造成多大影響。弗雷梅維拉王國可能即將面臨一波前所未有的動盪。即使如此，里奧塔莫思身為這個國家的領導人，仍然必須面對困境。

◆

當托爾斯帝前往王城報告的期間，出雲獨自改變航向，往奧維西要塞前進。

出雲龐大的身軀愈來愈近，留在要塞裡的銀鳳騎士團團員們也隨即鼓譟起來。

不過，他們感到喜悅的時間非常短暫，因為他們馬上發現，船上到處都找不到伊迦爾卡與席爾斐亞涅。接下來原本應該是慶祝歸還，並分享旅途見聞的時刻，但是最重要的騎士團長卻不見人影。也難怪他們會感到困惑。

「這到底是怎麼回事……!?老大？發生什麼事了？」

在一群表情凝重、正在卸下行李的船員中，迪特里希一找到老大的身影就快步跑過去。雖然他氣勢洶洶地試圖問個清楚，可是一看到老大的表情，反而更加困惑了。

老大完全沒有平時那副神氣十足的樣子。原本從他身上湧現的強烈意志力彷彿一下子全被抽掉了。認識他這麼久，迪特里希從沒見過他如此沮喪疲憊，一時猶豫著是否應該開口。因為他已經察覺到有什麼不尋常的事發生了。

最後迪特里希還是下定決心，站到老大面前。

「老大，先詳細地把事情原委都告訴我吧。到底發生了什麼事？你們跟什麼交戰？還有……為什麼艾爾涅斯帝和亞黛爾楚沒回來。」

老大那張臉看起來跟平常一樣嚇人，但他卻把目光移向一旁。這樣實在很不像平時有話直說的他。在經過一段長時間的思考後，他終於斷斷續續地說起來：

「……出現了、看都沒看過的魔獸。長得像蟲子，原本以為牠們除了會飛，就沒啥大不了的。不過啊，可怕的是牠們的體液，居然能把幻晶騎士『溶解掉』。」

迪特里希不禁挑眉。他身為騎操士，習慣馬上開始想像該如何和聽聞的魔獸戰鬥，而在騎操士中擁有極高實力的他，也體認到那是多麼困難的事。

「……所以飛翔騎士派不上什麼用場。畢竟一靠近就會被腐蝕，根本什麼都做不了。只有少年的伊迦爾卡有辦法對付牠們。他就像平常一樣興沖沖地飛出去。」

老大臉上的表情終於緩和下來，露出苦笑。迪特里希似乎也能鮮明地想像出那樣的光景。

「就算面對能製造出酸雲的怪物，少年的表現也不是蓋的。徹底壓制住魔獸的行動，讓船隊安全脫離。可是啊，這次的對手實在太不利了。我們逃走以後……少年就被酸雲吞沒。我們、沒辦法去救他。只有小姑娘一個人追到少年身邊去了。」

這段話，不只迪特里希，後面的團員們也都聽見了。有些人議論紛紛，也有些人悄聲耳語著，艾爾不在的事實逐漸在人群裡擴散開來。

「我們……什麼都做不了嗎？」

所有人都不曉得該怎麼接話。該說什麼才好？不可能責備老大。再說了，連艾爾涅斯帝都陷入苦戰的對手，沒有多少人能幫得上忙。少數有可能成為助力的亞黛爾楚也已趕赴戰場，而且隨著艾爾一去不復返。

他們同樣不可能責備紫燕騎士團。反而該為他們達成保護飛空船的任務而表示讚揚。在艱難的狀況下，取得出雲和飛空船隊都平安歸來的輝煌成果。

現在的狀況令人焦躁無奈，卻又無處宣洩。迪特里希用力抓亂頭髮。最慘的是『戰鬥早已經結束了』，他們連一同踏上戰場的機會也沒有。一股無處宣洩的困惑在人群中蔓延。這時，一直靜靜聽著的艾德加忽然喃喃說著：

「團長不回來。那我們……銀鳳騎士團，接下來會怎麼樣？」

聽到他這麼問，在場許多人都不禁倒抽一口氣。

「……你、你在說什麼啊？還能怎麼樣，當然就是、那個……」

迪特里希試著回答，可是他的遲疑如實表現在答案中。最後也只能盤起雙臂，沉默下來。在他旁邊的老大則長嘆一聲，開口道：

「老實說，事情變成這樣，我倒覺得幸好你們接受了其他地方招攬。」

「連老大都……!?你這樣講就好像!!就好像……」

迪特里希話說到一半又閉上嘴。接下來的話，他怎麼都不敢說出口，彷彿一說出口就會成真一般。

「少年都不在了，還能幹什麼？」

老大在歸途中也不曉得反問自己多少次了。在沒有和艾爾涅斯帝一起回來的同時，他差不多就做好了心理準備。

「……總之，現在先讓我休息一下。」

老大推開迪特里希，轉身離開現場。他的背影看起來似乎比大家所知的還要小了一、兩圈。這讓他們猶豫著是否該追上去。經過一番天人交戰後，迪特里希終於快步走出去。

艾德加慢慢環視留在現場的人。

垂頭喪氣的不只有老大一人。巴特森一副要死不活的樣子，操縱飛空船的維修班人員也都一樣。出雲明明才剛自長途旅行歸來，奧維西要塞卻像熄了火一樣死寂。

艾德加有種錯覺，彷彿能看見得意地發表戰果和怪點子的少年，還有黏在他身上的少女。沒想到只不過是少了他們倆，銀鳳騎士團就會失去活力到這個地步。

「喂，大家別這樣嘛。事情還不能確定啊。」

感覺到在場令人窒息的氣氛，海薇不知所措地看著大家。

「我們接下來該怎麼辦？不，是該做出什麼行動……」

艾德加這個無解的問題，海薇當然也答不上來。銀鳳騎士團原本就是為了艾爾涅斯帝的任性妄為而存在的集團。被他心血來潮想出來的點子要得團團轉，有時候甚至牽動整個國家；哪裡有戰鬥，就去哪裡湊熱鬧；看見有魔獸作亂，就會挺身而出。這就是號稱弗雷梅維拉王國最強的暴衝集團的生存方式。

沒有任何人能夠取代艾爾涅斯帝。當他不在的時候，就是銀鳳騎士團結束的時候了。想到這裡，他們總算明白過來。

「就到此為止了嗎……？」

海薇愕然地呆立原地。就好像過去看起來清晰無比的道路從眼前消失，再也找不到了。

◆

「老大！等一下……還有、一定還有什麼辦法的吧！」

聽到從背後傳來的聲音，老大停下腳步轉過身子。他的表情比起剛才更為悲壯，就好像接下來要赴死一般。

「迪，我要去萊西亞拉一趟。」

迪特里希馬上察覺老大此行的目的，不禁發出呻吟。

「得去告訴少年跟小姑娘的家人……他們最後戰鬥的情況。這是我的工作。」

「那帶著巴特森去吧。」

「混帳東西。我怎麼能讓他去告訴少年的家人，他把最要好的朋友給丟下了啊。」

看著老大的背影，吞下好幾句到嘴邊的話，又停頓好一會兒，迪特里希才終於說：

「那我也一起去。交給現在的老大，感覺很令人不安。」

平常的老大這時鐵定會抱怨個一兩句，但他只是無言地點點頭。

奧維西要塞距離萊西亞拉學園市並不是很遠。艾爾涅斯帝、亞黛爾楚等人平常甚至能每天從家裡通勤。

將馬寄放在學園市的入口後，迪特里希和老大接著前往埃切貝里亞邸。在那裡有著翹首盼望孩子們回家的家人。艾爾涅斯帝的母親瑟莉緹娜（緹娜）・埃切貝里亞。他父親馬提斯應該還在學園裡，所以不在家。不過，亞黛爾楚的母親伊爾瑪塔（伊爾瑪）・歐塔卻在場。

艾爾涅斯帝他們沒有回來，反而是迪特里希與老大來訪，她們倆馬上明白有意外發生。緹娜先溫柔地邀請有話說不出的兩人進到家裡，然後冷靜地端出茶水。在歇一口氣後，她平靜地開口：

「那孩子……艾爾出了什麼意外……對吧？」

老大一口把茶喝乾，做好覺悟。他沒有避開緹娜的視線，直視她的眼睛說道：

「團長（艾爾涅斯帝）為了保護出雲……為了保護船隊而戰，但是沒有回來。我以出雲船長的身分待在現場，見證了團長戰鬥的一部分過程。」

老大將在奧維西要塞也說明過的內容，向緹娜與伊爾瑪再重複一次。船隊遇上了怎麼樣的敵人，艾爾涅斯帝前往戰場，又是為什麼沒能一同歸來。

聽著聽著，緹娜臉上的血色漸漸褪去。身體深處傳來的不祥預感咚咚作響，她拚命想聽清楚幾乎消失在意識之外的話語。

當老大說完後，她沒辦法立即做出任何反應。坐在她身旁的伊爾瑪則慢慢摀住臉龐。在顫抖的話語間時而發出嘆息。

「亞蒂……是嗎？跟艾爾在一起呀。那應該不會寂寞了吧？」

沒能與船隊一同歸來的不只有艾爾涅斯帝。歐塔家雙胞胎中的另一人，阿奇德最近才再次前往克沙佩加王國。因為孩子們都不在家，伊爾瑪才會像這樣寄住在交情不錯的埃切貝里亞邸。

「緹娜，那些孩子……」

「放心吧，伊爾瑪。」

緹娜的臉色依舊慘白。她如此堅定地強調，也許她最想說服的人是她自己也說不定。

「霍普肯先生，那孩子遵從自己的信念而行動。為了保護大家而與魔獸戰鬥。那正是他心目中理想的騎士之道，但是……」

這時，她忽然露出溫和的笑容。雖然衝擊還未消去，但還有一句話在心裡支持著她。

「艾爾不會說話不算話。他向我保證過，說他一定會回來……所以絕對沒問題。」

兩位騎士沒能對這句話作出回應。他們只能沉默地低下頭。之後，他們又交談幾句，就離開了埃切貝里亞邸。

◆

背著西沉的夕陽，兩人默默踏上返回奧維西要塞的歸途。

剛才的光景一直在腦海中揮之不去。她們依然相信墜落至魔物森林深處、甚至失去幻晶騎士的艾爾涅斯帝和亞蒂會回來。若說這就是家人，旁人也就沒什麼可說的了。

身為銀鳳騎士團的一員，迪特里希為的不只是這個原因。他只是不停思考自己能辦到的事。就在回到要塞門口時，他突然大聲說：

「好，走吧！」

老大沒有回頭，只聽得到噠噠前進的馬蹄聲。

「就算是我們的團長大人，也沒辦法一個人回到這裡吧？所以由我們去接他。」

「你以為我花了多少時間才回到這裡？就算現在馬上出發，也得花上一樣的時間啊！」

老大頭也不回，用非常陰沉的聲音回答。

「那又怎樣？那可是我們的團長，不會那麼簡單掛掉。一定會想辦法存活下來。應該值得我們去找一趟。」

「派出飛空船需要大量的物資。靠我們幾個不可能全部湊齊，而且……」

老大馬上提出反駁。迪特里希想得到的事，他早就通通想過一遍，當然也檢討過難以實行的原因。

「要是再去一次就會有辦法，我們當場就解決了!!」

老大撂下這句話後就走進工房。迪特里希看著他的背影，握緊手上的韁繩。

「……就算這樣，我也無法接受。怎麼可能接受啊。」

他猛然旋身掉轉馬頭。

◆

不久後，雪勒貝爾城發生一起小騷動。因為有一名不速之客闖進了城裡。

「這是在吵什麼？」

正在處理政務的國王里奧塔莫思聽到騷動聲，於是轉頭向隨侍問道，但隨侍還來不及回應，騷動的原因就出現了。一名騎士硬是拖著想阻止他前進的近衛騎士，來到國王面前。

「小的是銀鳳騎士團，第二中隊長……迪特里希・庫尼茲！有件事無論如何都想上奏陛下，因此冒昧前來!!」

「喂！這前面不能讓沒得到許可的人通過！無禮之徒！快點退下，算我拜託你了，退下!!」

看見光憑蠻力就推開人肉盾牌的迪特里希，里奧塔莫思微微瞇起眼，不慌不忙地向周圍下達指示。

「算了，先放開他吧。」

國王說完後，抓住迪特里希的騎士們這才心不甘情不願地放開他，慢慢退下。國王直接向氣喘吁吁、坐倒在地上的迪特里希問道：

「是關於艾爾涅斯帝的事吧？」

想都不必想，銀鳳騎士團的人在這時候出現的理由，也沒有其他了。花一點時間調整好呼吸的迪特里希屈膝下跪，省略問候就直接進入主題。

「是！為了救出留在博庫斯的騎士團長，希望陛下能允許騎士團出擊!!」

「不行。」

鬥志高昂的迪特里希，一聽見國王想也不想就拒絕他，當場僵在原地。

「艾爾涅斯帝和他駕駛的幻晶騎士正可謂最強，是無人能及的存在。聽說那些魔獸不僅打倒這樣的他，甚至威脅到飛空船和飛翔騎士的安危，實在令人生畏。」

正面迎向迪特里希幾乎快噴出火來的視線，國王始終維持淡然的口吻道：

「憑你們幾個過去又能如何？你們應該最清楚那號人物的力量。面對能擊敗他的敵人，到底要出動多少戰力？又要做好犧牲多少事物的心理準備才能成功？」

「關於這點，臣比任何人都明白。但是，我們銀鳳騎士團！最初便曾經與那位人物一同挑戰陸皇龜(貝西摩)！如今面對這點程度的困難，又有何為懼!!」

里奧塔莫思仍搖頭否定。

「這點朕也明白，但要是有個萬一，連你們也敗北了，這次就真的永遠失去對抗牠們的手段。都已經失去他了，如果再失去一切……將是我國最沉痛的損失，因此朕絕對無法許可。」

雖然騎士團長不在了，但是騎士團還在。出雲亦依然完好，建造出雲的鍛造師們也平安無事。這表示累積至今的技術並未失去。

艾爾涅斯帝的功績確實無人能及，但是為了接回他——甚至在能否成功把人接回來，答案都是未知數的情況下，國王不可能賭上剩下的所有事物。身為一國的領導者，這是再正確不過的判斷。

迪特里希用力咬緊牙關，可是卻說不出任何一句話。他手上沒有足以正面駁倒國王的材料。在他陷入沉默的期間，里奧塔莫思就像要開導他一樣溫和地說：

「畢竟情況特殊，你這次的無禮行為就不予過問。以後還是要注意自己的言行。」

此時，原本跪著的迪特里希突然站了起來。

他從正面狠狠瞪著國王。這種行動已經不是失禮的程度，根本就是大不敬，就算當場被問罪也無法反駁。然而，看見他眼中堅定的光芒，反而是里奧塔莫思先嘆口氣。

「我……過去曾與騎士團長（艾爾涅斯帝）一同對抗陸皇龜。在那樣的絕望中，我迷失了騎士之道。是艾爾涅斯帝將差點忘記戰士本分的我拉回正軌。」

在場的近衛騎士慢慢靠近迪特里希。為了假如發生突發狀況時，能夠隨時制止他。但是，卻因為聽見他的話而不禁停下動作。

「所以我才會追隨他！而這一點到現在也沒變。遇到困難就設法克服，遇到阻礙就將之擊倒!!……那就是我們銀鳳騎士團。如果是為了他，我和古拉林德（緋紅之劍）即使上刀山下油鍋也在所不辭。」

說到這裡，迪特里希默默行一禮，便轉身準備離開。

「慢著。你到底想怎麼做？」

國王的語氣並沒有強硬到真的想叫住他，只是純粹的提問。

「請容我告退。」

「憑你一個人，又能辦到什麼？」

迪特里希背對里奧塔莫思，臉上露出無畏的笑容。

「不，陛下。我並不是一個人。」

他的視線前方有了答案。一群推開近衛騎士的銀鳳騎士團第二中隊成員們出現在眼前。每個都是跟中隊長差不多的笨蛋。他們氣喘吁吁，毫不猶豫地肯定迪特里希的話。

「真是，一個個都這麼傻……這部分不用像騎士團長比較好啊。」

「恕臣直言，畢竟大家都是為了他的興趣而賭上性命的狂人……那麼，陛下，臣告退了。」

已經沒有任何事物能阻擋迪特里希的腳步了。

「慢著！……唉，結果還是變成這樣了。艾爾涅斯帝一不在，部下就馬上失控。銀色鳳凰也真難伺候。」

第五十四話　沒有他的所在

「陛下。只要您一聲令下，現在也能馬上制止他們……」

見國王抱頭苦嘆的樣子，近衛騎士忠於自己的本分如此進言，但語氣也有些委婉，不過，國王卻緩緩搖頭。

「這樣真的好嗎？是否有點太縱容他們了？」

「如果艾爾涅斯帝真的能活著回來就值得了，而且看他們那副德性，就算把人強留下來也沒什麼意義。」

雖說如此，也不能就這樣放著他們不管。國王輕輕擺擺手，一個男子便一聲不響地從黑暗中現身。

「朕是不太想用這個法子……」

里奧塔莫思向那名男子傳達幾句口信後，他再度消失在黑暗之中。

「果不其然……銀鳳騎士團擅自展開行動了。叫他們加快紫燕騎士團重新編制的腳步。不管他們成功或是失敗，都得有個備案。」

接到命令的近衛騎士行了一禮，退出房間。

獨自留在房內的國王想起剛才騎士所說的那番話。為了救出騎士團長，願意賭上性命。他的話中毫無虛假。雖然他不像前代國王一樣是個武人，但也不是完全無法理解騎士的心情。

「真是有夠任性……甚至讓人覺得有點羨慕。」

儘管由衷感到困擾，但他的嘴角確實噙著笑意。

◆

去王城抗議過後，迪特里希領著第二中隊，氣勢洶洶地闖進奧維西要塞。他們的目標是工房。迪特里希一發現無所事事，只是發著呆的老大以後，就毫不猶豫地朝他臉上揍下去。

「痛!?你這傢伙，突然搞什麼鬼!!」

「噗哇!?」

側面挨一拳的老大激憤起來。這拳對健壯的矮人族來說不算什麼，但他的性格也沒有溫厚到被揍一拳還不以為意。他立刻從正面反擊，這次換迪特里希被揍飛出去。

老大與迪特里希的臂力相差懸殊。在空中劃出一道漂亮的拋物線之後，迪特里希重重摔倒在地，一時間痛得差點昏過去，然而他最後還是若無其事地站起來。成為中隊長後所受的鍛鍊，足以使他即便挨了矮人族的拳頭，也不至於倒下。

「唔，真不愧是……這一拳還真硬啊!老大，現在根本不是縮在這裡的時候。我們打算再度進入博庫斯，拜託你現在馬上準備，讓出雲啟航!!」

「啊？你這……混帳東西。這件事早就結束了。就算去了，又能怎樣啊！」

老大握緊的拳頭不自覺鬆開，不過迪特里希並沒有漏看他游移的視線。

「你坐著不動的話，又有誰能修理伊迦爾卡？」

「啊？修理伊迦爾卡……？還修什麼，跟那些魔獸對抗之後，它連殘骸都沒留下。你……到底在想什麼！」

迪特里希再怎麼不知天高地厚，也不至於這麼快就失去理智。見他莫名散發出一股自信，老大也不禁心底發毛地開始往後退。

「哼。你想想，老大。那種生物就好比幻晶騎士的天敵，我們的騎士團長閣下有可能會放過牠們嗎？」

「是不可能。的確，他當時殺氣騰騰地飛了出去……」

回答得毫不猶豫。沒錯，從艾爾涅斯帝平時的言行舉止，以及他那對幻晶騎士瘋狂的愛，並不難想像他會怎麼做。

「何況是那個艾爾涅斯帝。怎麼殺都殺不死的一個人。就算真的死了，也會從地府爬回來，把那些魔獸通通消滅。那我身為銀鳳騎士團的一員，就該立刻前往戰場才對。」

「你這小子，就會胡說八道。」

老大聽不出來他這些話究竟有多認真。但恐怕十有八九不是假話——雖說他也許已經不太正常了。

「老大，伊迦爾卡已經壞了吧？」

「……應該吧。怎麼找也沒找到。畢竟對手是那種魔獸，八成是被溶解了。就算沒有，但我可以肯定它被打倒了。」

老大的腦海裡浮現在愈駛愈遠的出雲上，他透過窗戶看到的景象。

伊迦爾卡與蟲型魔獸的交戰使天空被酸雲覆蓋，無法直接目擊當時的模樣。唯有不時發生的爆炸和墜落的魔獸屍骸證明戰鬥還在持續。之後的搜索行動並沒有找到伊迦爾卡，很難想像它還能維持原貌。

「就算是艾爾涅斯帝，也沒辦法修好壞到那種程度的伊迦爾卡吧。他也有可能做出其他更驚人的事。」

「就算真要幹什麼，一旦在緊要關頭沒了伊迦爾卡，少年鐵定會非常傷心吧。」

老大緊盯著自己的手，他雖然接任了並不熟悉的船長職務，但他的本業依然還是鍛造師。這雙手能做的只有一件事。

第五十四話　沒有他的所在

「你這小子就這麼信任少年嗎？」

「跟信任不太一樣。應該說我就是知道。」

老大緩緩地把手伸向腰際。身為鍛造師的習性，他的腰上總是掛著各種工具，他拿起其中一樣——『鐵鎚』。對鍛造師而言，這是最基本的工具，也是他的原點。手握最初的工具，鍛造師振作起來。

「算你會說。哼，沒想到我這輩子居然會有被你說動的一天。」

他找到目標了，也許只是徒勞無功，也許為時已晚。但他還是找到自己該做的事。

「抵達地點之前，我們第二中隊會負責護衛。老大，戰鬥是騎士的使命，交給我們吧。」

「可是你要怎麼打？那些傢伙會噴出大範圍的酸雲。就算把飛翔騎士帶過去，也對付不了牠們。」

面對仍未解決的最大問題，迪特里希也毫不退縮。

「我知道，所以我要用投槍戰特化型機。利用高速且能夠導向的魔導飛槍，在被溶解之前射穿魔獸。我會帶上一大堆。」

老大發出呻吟。一說到戰鬥，率領第二中隊的迪特里希確實是不容小覷的存在，他的見解很正確。

蟲型魔獸行動敏捷，幾乎能夠躲開所有從遠處射來的法擊。若是用上高速飛翔且能手動控制導向的魔導飛槍，或許可以期待更好的效果。伊迦爾卡已經證明牠們是只要能擊中就打得倒的對手。

說句題外話，由於適用於短距離的魔導短槍問世，以往的魔導飛槍便被改稱為『長程魔導飛槍』。

「……真的要做啊。」

該做的事找到了，執行手段也想好了。雖然難如登天，但也僅剩下付諸實行一途。老大握緊拳頭，伸出去，迪特里希不吭一聲地點頭，也伸出拳頭與其相碰。

「哼。既然如此，就由我們——鍛造師隊把伊迦爾卡修好給你看!!喂!!」

老大猛然展開行動，對著旁邊那些愣愣地看著他們一來一往的鍛造師們，露出宛如猛獸般的獰笑。

「你們把伊迦爾卡的預備零件全都搬到出雲上，有多少搬多少！反正它一定壞得破破爛爛的。大伙兒做好心理準備，大概除了心臟部位之外都得重造了！」

「…………是、是!!」

這時的老大已經不是迷失自我、意志消沉的男人，他已經恢復成那個唐突莽撞，但一身精湛本事無人能敵的銀鳳騎士團鍛造師隊隊長，人稱老大的達維・霍普肯。

既然老大已經恢復往昔的模樣，鍛造師們自然也不能輸給他，很快恢復活力。所有人朝向同一個目標，一口氣動起來。

看著匆忙奔走的鍛造師們，老大盤起雙臂。

「可是啊，還有個問題沒解決。到那個地方可需要時間和龐大的物資。你打算怎麼辦？」

「哎，恐怕必須來硬的了吧。也就是說……」

「抱歉在你們談得正起勁的時候插嘴。把我們排除在外不太好吧。」

「對啊，居然想兩個人偷偷幹壞事。」

正在交談間，背後傳來其他聲音。迪特里希嚇一跳，回頭一看到身後的人，不禁瞪大雙眼。

「艾德加、海薇!?你們怎麼在這裡？我應該沒找你們才對啊。」

「你把事情鬧這麼大，真的以為我們不會發覺？」

迪特里希困惑地搔搔頭。

「也不是要把你們排除在外。雖然不想這麼說，但我們的行動幾乎算是造反。如果艾爾涅斯帝能夠回來，銀鳳騎士團之後總會有出路的。正因為我選擇留在這裡，所以非去不可……可是，艾德加，你已經被賦予新的使命，不應該涉入這種亂來的行動。」

「喂，那把我捲進去就沒關係嗎!?」

「哈哈，我怎麼能放過你啊？修得好伊迦爾卡的就只有老大你們了。」

正因如此，迪特里希才會這麼堅持說服老大。他盤算過有他和第二中隊在，再加上鍛造師們，就會有勝算。

「那幹嘛把我當成外人啊？」

「告訴妳的話，妳馬上就會找上艾德加不是嗎？」

被海薇埋怨地瞪了一眼，迪特里希也有些畏縮。

「是啊。那件事確實已經談好了。雖然對方願意等我一陣子，但要是現在展開長途旅行前往博庫斯，誰知道會怎樣呢。說不定會使對方動怒，說不定言定之事也會因此作廢。」

艾德加沒有否定迪特里希的話。迪特里希對這個顯而易見的矛盾露出愕然的神情，完全將自己的行動拋諸腦後。

「既然知道，你幹嘛還來？難不成你是笨蛋？」

「沒想到會有被迪罵笨蛋的一天啊……差點覺得感動。」

艾德加聳聳肩，表情忽然變得認真。

「要是沒有厄爾和阿迪拉德、沒有艾爾涅斯帝，我這一路走來不可能擁有這麼輝煌的戰績。追根究柢，這次受到招攬就不是光靠我自己的能力。」

艾德加本來就是一名優秀的騎操士。即使沒有遇見艾爾涅斯帝，總有一天依然會嶄露頭角。然而，兩人的相遇也確實為他的經歷加諸了光輝。

「總之，他對我有恩。什麼都不回報，就這樣若無其事地去率領別的騎士團，我似乎幹不出這種事啊。」

「什麼啊。我不認為那位團長（艾爾涅斯帝）會在意這種事。」

「或許吧。所以，這是為了我自己。不管艾爾涅斯帝怎麼想，在我還沒回報恩情之前，他就消失的話，我會很傷腦筋。」

「為了你自己啊。那就沒辦法了。」

迪特里希也總是任性地將身邊的人捲入麻煩中，他沒有立場多說什麼。說穿了，銀鳳騎士團就是聚集了孩子氣、任性、只顧著在自己的道路上往前衝，老愛亂來的一群人。

「敵人是在天上飛的魔獸吧？這次正是第三中隊出動的時候。」

「真的全都是笨蛋啊！沒辦法……大家就去大鬧一場吧！」

迪特里希環顧四周，銀鳳騎士團的所有人都到場了。第一、第二、第三中隊以及鍛造師隊，全體團結一致，準備出擊。

目的是救出艾爾涅斯帝與亞黛爾楚。誰也不去談到他們可能已經死了這種話。即使為時已晚，開始行動的人也不會停下來——

然而，問題當然依舊堆積如山。

「所以呢？到那裡需要花兩個月。這段長途旅行，光是我們的糧食需求量就相當驚人，戰力上還需要維修零件、武裝等等。物資再多都嫌不夠。你打算怎麼調來？」

「關於這件事……需要的物資就用偷……不，用借的吧。」

迪特里希露出十足打著壞主意的笑容。

老大雖無奈也只能點頭，平時總會出面制止他的艾德加和海薇沒有表示異議。事情到這地步，就只能一不做二不休了。

「……你們這群壞小鬼，還不住手嗎？到底在做什麼？」

制止的聲音從意外的地方響起。

第三者的聲音來得出其不意。眾人被這道熟悉的聲音嚇了一跳，不約而同地回頭一看，只見有數架幻晶騎士正踏著沉重的步伐走進工房。剛才的聲音就是來自前頭那架機體的擴音器。

那架機體在耀眼的銀色鎧甲上描繪黑色條紋。銀鳳騎士團對它非常熟悉，其名為『銀虎』，而且操縱它的騎操士乃是——

「你們這些調皮鬼聚在一起打算做壞事啊。真是的，一如我所擔心。」

「唔！……先、先王陛下！」

——來者正是前國王，安布羅斯・塔哈沃・弗雷梅維拉本人。他一走下機體，便擺擺手制止驚慌失措、準備跪下的眾人，臉色異常凝重地說道：

「銀鳳騎士團！你們不但違背陛下的命令，還打算犯下更嚴重的惡行！我對你們太失望了！你們在以往的戰役中究竟學到了什麼！」

先王的怒吼在沉默的工房中宛如雷鳴。

弗雷梅維拉王國第十代國王『安布羅斯・塔哈沃・弗雷梅維拉』。

在自認為騎士之國，因受地理位置影響而偏重軍武的弗雷梅維拉王國中，他不僅是位獲得莫大尊崇的武人，文學造詣也很深厚。人人讚揚他是為如今的王國發展打下基礎的明君。他現在雖已讓位給其子——現任國王里奧塔莫思——過著隱居生活，但其尊容絲毫不見衰老。

另外，他還對艾爾涅斯帝這個一不小心就有可能成為危險份子的人物多加提拔，成立銀鳳騎士團使其能夠一展長才等等，對騎士團也是恩重如山。

被安布羅斯一喝，本來即將失控的銀鳳騎士團只覺被當頭潑一盆冷水。瞬間，他們的士氣便萎縮了。工房籠罩在沉默中，誰都無法回話，只能低頭不語。

「我命令你們組成銀鳳騎士團，可不是為了讓你們做出這種無為無謀、缺乏常識的舉動。」

隨著安布羅斯走近，騎士團更是心虛得鴉雀無聲。其中，迪特里希下定決心走上前。這次行動的開端本來就是起於他的決心。

「誠如先王陛下所言。然而，為了救出騎士團長，我們也不能讓步！」

「所以才會想到打剛才那些壞主意嗎？那我問你，像這樣毫無計畫地出擊，你當真覺得能成功嗎？」

迪特里希發出呻吟，無法答覆。因為他比任何人都清楚，這次的行動是多有勇無謀。

安布羅斯哼了一聲後，慢慢地環視前頭的迪特里希以及其他所有人，神情嚴峻地開口：

「既然騎士要上戰場，就必須贏得勝利。因此！首先就得從『事前工作』開始！多麼可嘆啊，你們做事居然完全不懂按部就班！」

第五十四話　沒有他的所在

「是，陛下所言甚是…………嗯？先王陛下？」

以為鐵定會被下令不可輕舉妄動的迪特里希驚訝地抬起頭，眼前是咧開嘴笑得一臉得逞的安布羅斯。那模樣簡直像極他的孫子（埃姆里思），或者該說他的孫子像他才是。

「聽好了，騎士們！接下來你們要面對的是進攻！地點是魔物森林博庫斯，一個前所未有的勁敵。我們僅僅窺探其中一次，無從知曉其全貌。唯一能確定的是那裡頭潛伏著足以打落艾爾涅斯帝的魔物。只靠意氣用事魯莽行動，別指望能獲得勝利!!」

安布羅斯的視線望向依舊一臉愕然的老大（達維）、艾德加、海薇和迪特里希。

「你們就是這次的主謀吧。」

安布羅斯在說話的同時走到他們面前，屁股往地板一坐便盤起雙腿。貴為前任國王的人物居然席地而坐，令周圍的人驚愕不已。他不以為意地逕自宣告：

「各位，隨意坐下。我接下來要開始講課了。」

他的話讓騎士團聽得一頭霧水，完全陷入混亂。

「既然要打仗，那麼你們接下來便都是將士。兵的數量多寡不重要，期望掀起戰爭的人就是將士。你們不就是要出征，好帶回那個惡作劇少年嗎？」

安布羅斯揚起嘴角，反問眾人。

「不管怎樣，再艱難的遠征，不邁出第一步便無法成就。話雖如此，你們還太嫩、太幼稚了，就由我這個老骨頭指點你們一二吧。」

迪特里希與艾德加先是互看對方一眼，然後立刻走到先王跟前，低頭鞠躬。

「是！謹聽教誨。」

「呵呵呵……進攻魔物森林啊。這將是一場大戰，真讓人手癢。要是再早個十年，就由我打頭陣了。」

「您不阻止我們嗎？」

兩人同時開口。

「哈哈！失控是尚未成熟的人才有的特權，而且，在陛下跟前，我不會胡亂行動。可是你們這幾個！膽敢闖進王城，當面違抗陛下。一群蠢材，難道沒想過你們這麼亂來，也等於是在為難陛下，妨礙他治理國家嗎！」

「……關於這點，我們深感愧疚，只是……」

兩人一時答不上話。安布羅斯擺擺手，從懷裡拿出一份文件隨手一扔。

「我明白你們想說什麼，可是要好好記住，人一旦成為國王，就不能放縱他人做出脫軌行為，也無法原諒輕率的舉動。何況你們當真以為陛下沒有任何動作？」

他們先做出請示，再撿起文件。一看，兩人都立刻睜大眼睛。

「這是調查隊的第二次組隊計畫……!?」

「只有極少數人才知道此事。對陛下而言，也不可能眼睜睜地對他棄之不顧，你們這群急躁的傢伙。然而，這次的失敗也的確澆熄了許多人的熱忱。我國與博庫斯的孽緣可沒有淺到一次就能解開。早知道就不該操之過急。」

迪特里希從文件堆中抬起頭，對撫著鬍子的先王說：

「……未能察知陛下的用心，我真是羞愧至極。可是，我們已經沒有多少時間了，沒辦法悠哉地等待下次。」

安布羅斯從他的話中感受到頑強不屈的堅持，臉上浮現苦笑。

「我不就告訴你們別輕舉妄動嗎？在紫燕騎士團回來的當下，就已錯失許多時間了。現在哪有必要如此慌張。」

從艾爾涅斯帝墜落後算起，已經過了兩個月以上。如果相信他還活著，與其在此時衝動、迫不及待，倒不如好好重整規畫。

「幻晶騎士和人類都需要大量物資才能餵飽。若是渴望勝利，就更不該疏於準備。既然決定要行動，就一定得獲得勝利。正因如此，現在該是你們好好準備之時。」

安布羅斯在說話之間浮現微笑，那是一張過去人們謳歌為雄獅般的猛將面孔。

「事到如今，艾爾涅斯帝的重要性確實不用多說，我們絕不能失去他。然而，你們一樣也是不可多得的人才，是我國不能貿然失去的國寶。此一戰役並非出征便可了事。」

先王的表情驀地緩和下來。

「為了達成所有目的，再多的準備都不夠。還有啊，想籌措到物資，就得拜託手中有資源的人、願意出手相助的人。艾爾涅斯帝這個人任性妄為又異想天開，但他可是相當擅長與人談判。」

艾爾涅斯帝是個夢想家，同時卻也是簡報大魔王。說明的內容往往出於他的一片熱愛——除了愛之外什麼也沒有，卻不惜勞心勞力也要說服對方。那樣驚人的熱忱至今已成功打動許多人。

問題在於除了他之外，很難找到其他人在面對國王和大貴族時，能夠不卑不亢地進行談判。

「是、是……我們重新認識了騎士團長大人的偉大之處。」

「嗯。原本是想從這一步好好指導你們……不過，時間也的確浪費不得，是吧？」

安布羅斯別有深意地向一名老人丟出疑問。老人從與銀虎一同走進的幻晶騎士上下來，移步到先王面前，然後屈膝跪下。銀鳳騎士團中掀起一陣驚訝的吵嚷聲。因為這位人物的大名，他們早已如雷貫耳。

「迪斯寇德……公爵大人……」

克努特・迪斯寇德『前』公爵抬起頭，緩緩地左右搖晃。

「陛下退位之際，我也將爵位傳給犬子了。如今的我只是個微不足道的老人。」

然而他散發出來的氛圍恰恰與這句話相反，一點也不年邁衰老，倒是充滿彷彿要將對手一刀兩斷的銳氣。想必不會有人懷疑他依舊寶刀未老。

「正如先王陛下所言，失去艾爾涅斯帝一事，大大挫折吾等前進博庫斯的雄心壯志。這件事本身……我認為並不是壞事，只是時機尚未成熟。」

前公爵的想法跟安布羅斯沒有太大不同。他繼續說：

「然而，這只是就目前而言。為了時機成熟的那一天，艾爾涅斯帝畢竟是不可或缺的人物。你們一定要把他帶回來。需要的物資由我來籌措。因為『那時候』起，我們就做好了這個約定。」

迪特里希與艾德加、海薇（雖然變化不明顯，但老大也一樣）都露出有點犯傻的表情，過了好一會兒才點頭。

「……前公爵大人也認為艾爾涅斯帝平安無事嗎？」

「我本來就不認為他會因這點程度就喪命。失去了幻晶騎士？墜落到博庫斯？那又怎樣呢？那個人就算是吸吮魔獸的血肉，也會想盡辦法活下去吧。」

雖然語帶刻薄，但話中的景象太過容易想像，銀鳳騎士團一行人也深表贊同。

伊迦爾卡是艾爾涅斯帝的力量象徵，也的確是最大的武器，但絕不是唯一。在那矮小身軀裡充滿著堅定意志的艾爾涅斯帝本身，才是驚人力量的化身。

當這份力量為了某個目標行動時，在場的所有人都很清楚，那究竟會產生多麼強烈的氣勢。

就在這時候，迪斯寇德前公爵的背後出現另一個人。

「我的力量雖然微薄，也想盡一份力。」

「連塞拉帝侯爵大人也來了。」

喬基姆．塞拉帝侯爵。他的領地鄰近博庫斯大樹海，擁有廣大的穀倉地帶，擔起弗雷梅維拉王國的糧倉這項重任。長久以來便與博庫斯大樹海關係密切的他，對於進入森林這件事應當屬於慎重派。

「我受過他許多關照，不稍微還一點不行，而且……我還有另一個非救不可的人。」

從別的角度而言，他對這次的遠征另有所求。

亞黛爾楚與艾爾涅斯帝一起斷了音訊。在騎士團中，知道她與侯爵家有關係的人不多，因此眾人都感到有些疑惑。不過，即使不清楚原因，這樣的靠山對現在的銀鳳騎士團來說，還是非常值得信賴。

「銀鳳騎士團。」

獲得可靠的盟友後，銀鳳騎士團的士氣大振，先王向他們交代：

「我很清楚這場戰爭的意義，但敵人是魔物森林。在作為一名騎士之前，你們有時也需要化身為一名戰士進行戰鬥，但是絕對不准喪命，要掙扎著活下去。在獲得勝利、帶回他之前，都得想辦法不讓自己倒下。千萬不可忘記。」

迪特里希與騎士們一起點頭。於是，銀鳳騎士團如今又再度為了遠征魔物森林，展開行動。

◆

自那時起又過去一段時間，奧維西要塞周邊出現大規模的船隊。

赫赫有名的貴族迪斯寇德公爵家與塞拉帝侯爵家，有這兩家提供支援，就足以籌備到與上次不相上下的物資。戰力方面也十分雄厚，除了原先的銀鳳騎士團三中隊，又另外增加向兩家商借來的飛翔騎士。此外，要塞中的物資也盡可能都搬運到出雲內部，直到再也裝不下為止。整個船隊分明就是在空中飛翔的銀鳳騎士團本身。

「……沒想到妳們也要同行。」

迪特里希一見到被召集來的飛翔騎士騎操士，驚訝之情在臉上表露無遺。先王帶來的騎操士正是藍鷹騎士團。

「關於空戰特化機，我們已累積充分的戰鬥機動訓練，不會做出扯後腿之類的行為。」

『諾拉・弗克貝里』代表藍鷹騎士團如此回答。她們原先就有著間諜的身分，而專走空路的飛翔騎士，其特質對她們今後的活動不可或缺，因此她們才能相較優先地配給到飛翔騎士，累積訓練。

「別這麼說。我在先前的戰役中受過妳們幫助，現在怎麼還會懷疑妳們的實力呢。多多指教了。」

在克沙佩加王國之戰中，迪特里希曾與她們一同入侵要塞。這些人與騎士多少有所不同，但他很清楚她們的實力。在感到可靠的同時，他與諾拉互握彼此的手。

第五十四話　沒有他的所在

於是，一個以銀鳳騎士團為中心的新飛空船隊組織完成。

身穿戰鬥裝束的安布羅斯站在齊聚一堂的騎士面前。

這些人都是在短時間內，受過他指導鍛鍊的騎士，原本就全都是身經百戰的勇猛將士，如今他們的表情比起以往，更是充滿自信與熱忱。先王滿意地點頭，高聲宣布：

「銀鳳出征！把那任性的小子帶回來！」

「遵命！」

就這樣，在獲得多方協助之下，銀鳳騎士團起飛了。目的地是魔物森林博庫斯。

相信艾爾涅斯帝與亞黛爾楚平安無事的騎士團，要為尋回他們而戰。無從得知前方將有多少難關等著。

但騎士團絲毫不膽怯，由飛翼母船出雲領隊，勇往直前。

第五十五話　魔物森林中的相遇

——時間要回溯到幾個月前。

伊迦爾卡奮力嘗試打倒蟲型魔獸的司令塔紅魔獸，最後卻無力地墜落到地面的那一刻。

伊迦爾卡費了九牛二虎之力才順利抵達地面，但蟲型魔獸的屍骸卻緊追它不放，一同從空中掉落。

屍骸受到掉落的衝擊碎了大半，體液飛濺到四周。由於生命之火熄滅，維持那巨大軀體的強化魔法也流失了。軀體變得脆弱，內容物輕易因撞擊而拋散，一口氣開始氣化。

眼見那些氣體來勢洶洶地形成酸雲，就要將伊迦爾卡吞沒。如今以最高推力自豪的魔導噴流推進器已喪失機能。即使是伊迦爾卡也沒有辦法逃離死亡之雲。

「真倒楣！再不快點脫身，就會被溶解掉。」

艾爾涅斯帝試圖讓伊迦爾卡快跑，但只前進幾步，伊迦爾卡的膝蓋便彎曲觸地。

「怎麼回事，結晶肌肉動不了……」

為了保護自己，他之前將魔力輸出用的進氣裝置封鎖。然而，幻晶騎士的軀體並非完全密閉的狀態。酸雲自由地入侵內部，首先受到危害的是結晶肌肉。

伊迦爾卡被稱為東方式樣的新世代幻晶騎士，藉由把結晶肌肉做成繩索型而增強強度，卻無法保證每一條肌肉各自的持久性。即使設想過各種可能性，也不可能預期到它將在腐蝕性的空氣中行動這種情況。

更糟的是，損失結晶肌肉代表的不僅是驅動方面的損害，畢竟幻晶騎士就是用這些結晶肌肉在儲存魔力。

當結晶肌肉因腐蝕性氣體而嚴重耗損的同時，伊迦爾卡儲備的龐大魔力也一併喪失。幻晶騎士構造上的弱點——至今想也沒想過的部分，在這最糟糕的情況下，徹底暴露出來。

伊迦爾卡連站起身都辦不到，身上發出摩擦聲，外殼一片一片地剝離，同時連魔力儲存式裝甲都沒了。伊迦爾卡失去最後僅存的魔力。

狀況只是加速惡化。

失去魔力，等於用來強化伊迦爾卡軀體的強化魔法，在維持上也會出現問題。

倒楣的還不只如此，為了防堵腐蝕性氣體，轉換爐也關閉了吸入空氣的功能。使伊迦爾卡成為最強幻晶騎士的優異魔力供給，如今也喪失作用。

伊迦爾卡的崩壞不見停歇。曾經是最強的幻晶騎士已經連一根手指都無法動作。

他只能枯坐原地，等到一切崩壞。

「……動不了。不只這樣，連能不能留下完整的殘骸都是個疑問，而且這麼一來，我連外頭都出不去。」

四周被腐蝕性氣體籠罩。艾爾雖然還不知道這種氣體伴隨著強烈的毒性，但不管怎樣，暴露在強酸之中，結果也是一樣。

他連從這裡逃出的餘地都沒有。

一旦崩解蔓延到駕駛座，對他而言便是死期。

「………啊，這就是盡頭了吧。」

艾爾長嘆一聲，慢慢地癱坐在駕駛座上。

他已經徹底被酸雲包圍，伊迦爾卡也唯有等死一途，已經沒有留下任何可以反抗的手段。

「啊，不行。這樣我會違背跟母親的約定。好不容易做出飛翼母船，恐怕沒辦法讓她看到了。」

猛然回想起這件事的他皺起眉頭。他還有未完成的約定，賭上萬分之一的可能性，他開始思索對策。

可是，狀況是無情的。

機體的某處響起巨大的異樣聲響，強化魔法愈來愈弱，腐蝕性氣體的侵蝕逐漸抵達骨骼部分，看來無需多時，就會來到保護他的最後一層裝甲吧。

「無計可施……好遺憾啊，伊迦爾卡，我還想和你持續、一直、永遠地活躍下去啊。」

不過，撫摸操作鍵盤的他居然在臉上浮現淺淺的笑容，喃喃說：

「至少……至少我和你一起走到最後。本來我就死過一次，這次能死在機器人的駕駛座上，也算是如願以償。」

在人型兵器（機器人）的駕駛座上死去。

反正，這個狂人（機械宅）的末路就只有這一條，如今只不過時機到來罷了。沒有所謂的覺悟，因為從某個方面來想，他一直都是朝向這個地方前進。

艾爾涅斯帝・埃切貝里亞與人型兵器（機器人）同生共死——

然而——

即便艾爾已認定這是他的死期，還是有人絕對不同意。

數顆光彈自空中飛來，彷彿要射穿他感傷的情懷。那是魔導兵裝的法擊。光彈陸續接觸到地面後，立刻遵從術式轉化成爆開的烈焰。戰術等級的法彈掀起猛烈的爆炸強風，把盤據的瘴氣穿出洞來。

法擊不只有一次。糾纏不休的追加攻勢一而再，再而三地補上。其猛烈的程度搞不好會把伊迦爾卡都一起炸飛，但發射法擊的人似乎根本無心去在意這些。

終於，伊迦爾卡周遭的酸雲都被炸開，附近多了好些坑洞。只見半人半魚模樣的騎士朝這裡筆直飛來。

「把艾爾！還！給！我——！」

亞黛爾楚駕駛席爾斐亞涅到來。她讓魔導噴射推進器發動到極限，噴射出源素浮揚器內的乙太，同時急速降低高度。用簡直就像要衝撞地表般的速度，朝空白處猛衝過去。

「找到了！去吧！」

她一發現幾乎已成殘骸的伊迦爾卡，立刻緊急減速。一面提供乙太給源素浮揚器，一面張開鰭翼與空氣對抗，再展現一個輕巧的迴旋掠過酸雲。就在這時，她拋射出裝載於機體的牽引索。

牽引索拖著長長的銀光飛出，其尖端有個夾子型的部位，可以夾住物體。牽引索在亞蒂的

操作下自在地飛翔，最後來到殘破不堪的伊迦爾卡身邊。就這樣緊抓住已變得脆弱不已的胴體裝甲，強而有力地固定住。

席爾斐亞涅轉而開始上升，並回收牽引索。伊迦爾卡的軀體便隨之往上吊，快速地從雲層中脫身。

亞蒂露出滿意的微笑，然而瞬間又變成一臉愁容。

「啊、啊啊！……不行！」

看似順利的行動也只到這裡為止。

法擊的確將周遭的酸雲吹散了，然而還不夠徹底，那裡仍留有一些淡淡的殘雲。即使很稀薄，也足以腐蝕掉連接牽引索的銀線神經。

亞蒂看著銀線一絲一絲斷裂，她扭轉席爾斐亞涅的機體，急速迴旋。同時再次噴出源素浮揚器的乙太進行下降。

就在這時，最後的牽引索斷裂，伊迦爾卡的軀體在半空中被拋出去。

「我不會讓你溜走的！」

席爾斐亞涅全力加速，試圖往伊迦爾卡的胴體撲上去。就在伊迦爾卡再度落入酸雲中之前，席爾斐亞涅打橫撞過去，牢牢地抓住它。亞蒂試著就這樣往上升到安全的高度，然而——

「啊，上不去！為什麼？小席，還差一點！加油！」

它們沒有停止降落，席爾斐亞涅朝地面繼續往下墜落。

對她而言，這是無法預知的狀況，但原因其實是空戰特化機特有的缺點，也許更正確的說法是源素浮揚器的缺點。

這項機器的原理是透過提供足量的高純度乙太促使浮揚力場形成，而讓機體往上浮。一旦急遽地反覆進行乙太的供給排出，機器內的乙太密度會變得不安定，結果就無法形成足夠的浮揚力場。

失去浮揚力場的助力，空戰特化機就無法在空中停滯。席爾斐亞涅正是陷入此狀態。

幸好它為了追上伊迦爾卡，速度提升到相當快，機體不但沒有衝進酸雲，還飛離其範圍。可是，要放心還太早了。畢竟高度仍持續下降，地面已經近在眼前。飛翔騎士只靠推進器與鰭翼的力量無法上升，只見大地愈來愈近，亞蒂下定決心。

她操縱席爾斐亞涅把伊迦爾卡牢牢地抱住，然後停頓一拍，調勻氣息。

「小席，拜託……！保護好艾爾！」

她讓機內剩餘的源素供給器全部發動，浮揚器內的乙太量急速上升，接著翻過身子，讓席爾斐亞涅處於背面朝下飛行的狀態。

「對不起！」

隨後亞蒂啟動甲冑射出機制，剎那間，位於機體背面的駕駛座便分離出來，壓縮空氣將她射入空中。

逃脫是在駕駛機體前不斷重複訓練直到令人厭煩的一環。她立刻伸開下降甲冑的雙臂，乘上氣流。等姿勢穩定下來後，首先就是搜尋席爾斐亞涅的身影。

正好就在這時候，席爾斐亞涅即將抵達地面。前一刻才轉為背面飛行的機體護住伊迦爾卡的身軀，重重摔到地面上。衝勁猛烈到將樹幹攔腰折斷，地面變得一片狼藉，在沙塵漫漫之中滑行一段距離。軀體上的裝甲迸裂飛出，結晶碎片四散，不忍聽聞的奇異聲響響遍四周。

在如此猛烈的力道下撞上地面，機體不粉碎也奇怪。不過，在揚起的沙塵前方，可以見到席爾斐亞涅牢牢地抱住伊迦爾卡的軀體，終於停止滑行。

雖然浮揚器曾因乙太的不安定而失去浮揚力場，但最後的強制性乙太供給，總算稍微恢復一些力場，從最終結果看來，這發揮了緩衝的作用，幫忙減輕機體的損傷。

儘管如此，在地面上滑行好比在銼刀上行走，造成的損傷很嚴重，情況跟被擊落幾乎沒有兩樣。特別是一開始衝撞到的上半身背部嚴重受損，恐怕是自金屬骨骼便開始扭曲了。

另外，席爾斐亞涅的下半身也並非毫髮無傷，虹光從各處噴射出來。衝擊導致源素浮揚器受損，內部的乙太正在外洩。席爾斐亞涅已經無法再發揮飛翔於空中的功能。

然而，它的雙臂——

自豪地抱住它挺身保護到底的伊迦爾卡。

◆

亞蒂利用大氣壓縮推進器在空中飛翔，降落到席爾斐亞涅的身邊，她等不及走下甲冑，直接奔向被雙臂環抱住的伊迦爾卡。

她本想往軀體直奔而上，但被伊迦爾卡的嚴重損傷嚇得停下腳步。不但幾乎沒了鎧甲，連結晶肌肉都被溶解，金屬骨骼外露出來。這模樣令人聯想到被風吹雨打的屍骸，甚至透出駭人的氛圍。

不過她甩甩頭，趕走腦中浮現的討厭畫面。她的目標不是伊迦爾卡。縱使機體殘破不堪，只要頑強打造的胸部裝甲仍在，『裡面』就有可能沒事。

她衝上伊迦爾卡的殘骸，用力敲打被強酸灼燒得歪七扭八的裝甲。

「艾爾！艾爾！你沒事嗎!?還活著嗎!?拜託，回答我!!……可惡！好礙事！」

她連呼喚都嫌麻煩，當場抽出銃杖，毫不猶豫地施展魔法。一顆爆炎球就將已變得脆弱的胸部裝甲擊飛，露出黑漆漆的大洞。

射向森林的光芒照亮駕駛座內部。亞蒂探頭一望，只見那裡頭，艾爾坐在座位上閉起雙眼，身體蜷縮。乍看之下，似乎毫髮無傷。

亞蒂的身體往前傾，想好好確認他是否平安無事。

「艾爾，拜託你要活……哇噗！」

某種透明且具有彈性的東西往她臉上撞過來，使她被阻攔在艾爾的跟前。

亞蒂立刻領悟到那是什麼東西。這是用『大氣緩衝』的魔法產生的大氣壓縮塊，是艾爾所發明，用來輔助機動性的拿手魔法。既然這東西出現在這裡——

亞蒂緊貼上大氣壓縮塊，靜靜等著，壓縮塊開始慢慢縮扁。一屁股跌坐下的她看著眼前的艾爾睜開眼睛，慢慢動了起來。

「……嗯嗯，好激烈的震動。那是亞蒂妳做的嗎？妳來救我啦，不過我差點就要變成絞肉了……哦……唔嗯。」

他的話還沒說完，亞蒂便飛撲過來抱住他。不留餘地的緊擁讓艾爾從口中發出奇怪的聲音。

「太好了……艾爾，你還活著，還活著……！艾爾、艾爾……！」

「等、等等，喘不過氣了。沒事，我沒事，妳稍微放輕一點好嗎？會死……」

每當抽抽搭搭流著淚的亞蒂把艾爾再度抱緊時，都可以聽到類似青蛙被壓扁的聲音。結果又等了好一陣子，她才總算冷靜下來。

「呼，我還以為自己就要沒命了……」

「嗚嗚嗚，艾爾、艾爾。我以為已經不行了，幸好趕上……嗚嗚，還是柔柔軟軟的，好舒服喔。嘿嘿。」

雖然已經減輕力道，但亞蒂似乎並不打算放開艾爾，依然牢牢地抱著他，偶爾摸一摸，偶爾磨蹭臉頰，十分忙碌。艾爾的臉頰上時而會被滴落的眼淚濡濕。他也回擁住亞蒂，摸摸她的頭髮安慰她。

「放心，我還活著哦。因為妳救了我。」

「嗯……」

「可是亞蒂，我明明拜託妳保護船艦，結果妳還是跟來了。」

「還不是因為……!!」

亞蒂放鬆擁抱的力道，緊緊盯著艾爾的雙眸。

「就算保護了船，你卻一個人……！我看到伊迦爾卡、就那樣掉下去……」

大概是說話的同時又回想起當時的種種。眼看亞蒂的眼淚冒得愈來愈多，艾爾露出為難的神色。

「多虧有妳，我才能得救，可是要是走錯一步，連妳也會遭遇不測哦。」

「有什麼關係！比起你不在了，只留下我一個人，我寧願跟你一起死！」

他忍不住發出長嘆。

「……那我也不能隨便就喪命了，以後得小心才行。」

「沒錯！我絕對不准你死!!」

最後，艾爾在放聲大哭的亞蒂耳畔輕聲說：

「……謝謝妳，亞蒂。」

接著，在她臉頰上輕吻一下。

亞蒂的哭聲忽然停下來，臉上浮現出非常不滿的表情。她直盯著艾爾不放，一聲不吭地做出某種要求。

「……呃？」

「不夠，在你親得更深更久之前，我都不會原諒你。」

艾爾露出苦笑，就這樣把臉湊近，封住她的唇。

◆

雖然有些小摩擦，但兩人總算走出機外。

重新仰望已經淪為殘骸的兩架機體，他們無言地杵在原地。

一邊是撞上地面摔得粉碎，另一邊是被強酸腐蝕得不成原形。機械們為了保護主人，或是為了貫徹其命令而奉獻一切。

最後亞蒂回頭觀察四周。在蓊鬱的森林裡，留下一道席爾斐亞涅滑行過的痕跡。除此之外，是無邊無際的山野與森林，這裡並不存在人類生活的跡象。

「接下來該怎麼辦……」

戰鬥已結束，天空重新拾回寧靜。騎士團的飛空船應該早已離開這個地方。想來是不會冒著與蟲型魔獸正面撞上的危險返回此地。換句話說，他們是唯一被留在魔之博庫斯大樹海的兩人。

理解到這一點時，亞蒂不自覺地感到一股寒意。至今為止無論身處何種戰場上，他們都與萊西亞拉騎操士學園，也就是之後的銀鳳騎士團中的同伴共進退，從未有過如此孤立無援的時候。

「……」

這一刻，艾爾沒有開口說出任何一句話，只是靜靜地凝視伊迦爾卡的殘骸。

亞蒂靠近他，試著開口說些什麼，再三猶豫之後終究又閉起嘴巴。一想到艾爾為了製作伊迦爾卡所付出的心血與勞力，不管怎麼安慰都無濟於事。

「呵呵。呵呵呵、啊哈哈、哈哈哈哈哈！」

如此煩惱猶豫的她耳邊卻傳來莫名其妙的笑聲。亞蒂一時愕然，難道即使是艾爾，失去伊迦爾卡對他的打擊還是太大了？

「啊哈哈，哈哈！……很好，還是全部死光得好。」

然而，他說的話卻毫無脈絡可循。

「那些蟲型魔獸……恐怕是為了腐蝕魔獸的外殼才演化出那種強酸性體液。對幻晶騎士而言卻是不折不扣的天敵。像那種東西，不需要存在於我生活的世界。」

聽起來是非常傲慢的一句話。不過，既然兩者水火不容，便唯有消滅其中一種這條路可走。那麼，他絕對會確實地付諸行動。

「非得想辦法斬草除根才行……但最重要的伊迦爾卡跟席爾斐亞涅已經變成這副德性。戰力嚴重匱乏。不行啊，得先著手修理。」

他屈指盤算起接下來的行動方針，開始展開行動。

「好吧，是要回國之後重返此地回收，還是就我們兩人留在這裡試試看？哪種做法會比較快？亞蒂，妳認為呢？」

「哈啊？呃——突如其來的狀況太慘烈，我不知道啦。」

「說得也是……關於這個地方，我們擁有的資訊太少。首先要從偵查和確保人身安全開始。亞蒂，先把能從這裡帶走的東西都收集起來吧。」

「啊，咦？嗯、嗯。」

艾爾敏捷的行動絲毫讓人感覺不到他先前的感傷，連亞蒂也看得目瞪口呆。如此樂觀的模樣，反而會讓人擔心他是否正確理解了現狀。

「艾爾，你不怕嗎？這裡是博庫斯的正中央哦？也不知道究竟有多少魔獸。」

「是啊，我很怕……我非常害怕我們倒地不起，讓伊迦爾卡和席爾斐亞涅留在這裡腐朽風化。」

艾爾擔心的問題根本就來自不同的觀點。對於將目標全部放在幻晶騎士身上的狂人而言，彼此的前提實在差太多了。

「那麼，回想一下在學園學過的內容吧。脫離團隊時的注意事項是什麼？為了存活下去的方法呢？我們做過很多演習了吧。」

「恐怕都沒有考慮到只有兩個人身處博庫斯正中央的狀況吧。」

墜落於存在一堆魔獸的魔物森林、幻晶騎士遭到破壞、同伴前來救助的可能性幾乎等於零。一般而言，這絕對是只能等死的狀況。

要被絕望擋住去路嗎？要臣服於苦惱之下嗎？要任由恐懼凍結嗎？

「另外，接下來在修理伊迦爾卡之前將面臨的問題，稍微試想一下，就有太多困難讓人傷腦筋。在這當中……」

他從腰間拔出銃杖，注視展現出金屬光輝的刃，艾爾的笑容更深了點。

「『用砍的、用打的就能斃命』的問題，只不過是芝麻綠豆般的小事。妳不覺得嗎？」

「艾爾好樂觀，樂觀得令人害怕呢……」

沒錯，艾爾再度開始行動。

與人型兵器一同赴死這件事就留待下次吧。此時此刻該做的是踏出步伐，設法讓犧牲一切拯救他們的愛機走上重生之路，無論在抵達之前，得歷經多少苦難。立下目標的艾爾涅斯帝・埃切貝里亞不可能停下腳步，畢竟他可是個至死都無藥可救的狂人。

「所以首先就從安排生活基礎開始。得先找找有什麼地方可以當我們的居所。」

這時，一道衝擊貫穿亞蒂全身。

「……這、這是……！難道我就要暫時跟艾爾展開只有兩人的甜蜜生活？我也開始覺得幹勁十足了！」

她有資格說別人嗎？亞蒂和艾爾根本就是五十步笑百步，兩個都是怪人。

◆

之後，兩人鉅細靡遺地調查伊迦爾卡與席爾斐亞涅的殘骸，從中拿出帶得走的物資。

幻晶騎士身上通常會備有一些用來因應緊急情況的物資。幸好伊迦爾卡也不例外，而席爾斐亞涅則是由於下降甲冑兼具逃脫設備的關係，物資一開始便安全地被帶出來。少許藥品、毛毯與簡易的調理器具，另外還有乾糧。短時間內不用擔心餓肚子的問題。

接下來是確認戰力。其實不用多說，兩架幻晶騎士已完全損壞，如此一來，眼下僅剩的最大戰力便是亞蒂的下降甲冑。看到艾爾羨慕地望著下降甲冑，亞蒂開口說要交給他。

「甲冑還是請妳繼續使用吧。何況，那個大小對我來說並不適合。」

下降甲冑雖然並非個人專用，但在製作上多少還是會配合搭乘者的體格。要讓個子嬌小的艾爾來乘坐，勢必需要量身打造。他露出比失去伊迦爾卡時還要悲傷的神情。

另外，他手中的武器是兩把溫徹斯特，還有腰間的幾具鋼索錨。他的腦海中瞬間閃過機械不夠用的念頭，不過馬上又甩頭趕跑這個想法。

「首先要確保水源。我記得從上面鳥瞰時，這附近有條河。」

笨重的物品全都集中綁在甲冑上進行搬運。只要有幻晶甲冑的強大臂力，有些行李也絲毫不會引以為苦。

話說回來，甲冑的設計原意就是為了在脫離之後能像這樣成為助力，沒想到竟然會由他們將甲冑的存在意義發揮得淋漓盡致。

於是，準備就緒的兩人開始往森林深處走去。

◆

避開樹下的雜草，縱躍於樹梢岩塊之間的艾爾動了動鼻子。四處探查一番後，立即發現視野中有東西在蠢動。

「……有了。別想逃！」

身手矯健地穿梭在樹林間的物體是模樣類似兔子的野獸。艾爾一衝出去，就立刻使出大氣壓縮推進魔法，瞬間加速到快如疾箭。

野獸的腳程也很快，但終究沒有快到能夠逃離天生擅長高速機動的少年。艾爾在越過牠的同時往其頸部劈下去。野獸挨了一記真空斬擊魔法，噴濺著血液倒臥在地，目的達成。捕獲獵物的少年直接將野獸懸吊在樹下放血。就這樣如法炮製地捕到幾頭野獸之後，他才滿足地回去。

少年將捕獲的獵物掛在銃杖上，步履輕快地穿過森林。逐漸遠離樹林繁茂的場所，走進岩石廣布的地區時，就到達目的地了。

「亞蒂，我回來了。我帶回今天的晚餐囉。」

「是——歡迎回來，親・愛・的。」

一聽到他的聲音，亞蒂便從一處帳篷走出來。不知為何，她看起來莫名愉悅。

「我馬上處理，艾爾可以幫我生火嗎？」

「嗯，好……不過亞蒂小姐？妳為什麼這麼開心呢？」

「因為我在家等你回來……當然就很嘿嘿嘿嘿嘿……」

「這裡是為了方便我們穩定搜尋四周而蓋的暫時居所哦。妳不會打算就這樣定居下來吧？」

被艾爾懷疑本末倒置的亞蒂跟著點頭表示「知道、知道」，但不管形容得多含蓄，她看起來就是一副興高采烈的樣子。至少比無謂地消沉沮喪要好，艾爾決定別阻止她。

交出捕獲的獵物後，艾爾把事先收集起來的枯木抱出來，運用爆炎的基礎魔法把火點燃。只要利用魔法現象，火種便能無止盡地到手，但若是所有需要的熱量都光靠魔法來供應，反而顯得無意義又麻煩。他們還是需要用來做為燃料的木頭。

一晃眼，他們在森林中已經徘徊一個星期。

離開幻晶騎士之後，他們很快就發現河川，之後沿著河岸往上游移動據點，就這樣適度地狩獵食物過日子。

他們用來打造據點的材料是亞蒂的下降甲冑。把固定了關節的機體當作骨架，再蓋上帆布就成為簡易型的帳篷。要是有什麼狀況，只需把帆布摺疊好就可以展開移動，非常方便。

「雖然說有下降甲冑，但總讓妳拿行李，真不好意思。」

「沒關係啦！現在這孩子就像我們的家，不是嗎？我們的家……我會好好守住！」

亞蒂似乎基於莫名的原因而充滿幹勁，艾爾放棄吐槽她。有幹勁是很重要的事。

這天的晚餐是烤獸肉以及壓碎的樹果和燉野草。由於他們盡可能從森林之中採集食材，所以每天的伙食大概都是這樣。

「幸好這附近有可食用的野獸，幫助不小呢。」

「可惜調味料預備太少，只能灑點香草來烤。」

雖然環境上有諸多限制，但亞蒂靠她的手藝彌補了這點。她的廚藝相當精湛。當艾爾品嚐她所準備的料理時，不知為何，她偶爾會笑咪咪地觀察他，還是隨她去吧。

就這樣，他們繼續這趟沒有盡頭的旅程。

人類就只有他們兩人，四周盡是崎嶇且充滿威脅的大自然。他們的安全與地盤狹窄得令人咂舌。一不留神，彷彿會被吞沒於叢林之中。

弗雷梅維拉王國的騎士，在教育過程中會學習如何在森林中存活下來。儘管如此，也沒人預想過眼前這麼黑暗的狀況。

然而，他們踏踏實實地適應了森林的生活。其中，並沒有兩人單獨被留在魔物森林的悲嘆；亦沒有周圍隨時充斥著致命危機的絕望。如果會為了這點程度就灰心喪志，艾爾涅斯帝・埃切貝里亞絕不可能抵達這種地方，他一直都是衝過頭的人。

更確切地說，他們都是天生具備優異戰鬥能力的人，只要小心那些決鬥級以上的魔獸，留意一定程度的危險就夠了。以結果而言，兩人在魔物森林中度過了一段始料未及的日子。

◆

「嗯……天亮了。」

一睜開眼睛，模模糊糊的帆布立刻躍進她的視野內。那是蓋在用下降甲冑組起的小型帳篷上的帆布。儘管遮風擋雨已是它的極限，對他們而言依然是最重要的『家』。

四周景物被東昇的旭日照出輪廓，變得愈來愈明亮。今天，早晨再次降臨。亞蒂甩開尚存的睡意，牢牢地抱緊在她身邊的某人。

在被人畏懼為魔物森林的博庫斯大樹海中，除了她之外，只有另一名人類——艾爾涅斯帝。

亞蒂的臉上浮現得意的笑容。大多時候，艾爾會比她還要早起，但偶爾也會有相反的情況。這種時候，就會是她為數不多的享樂時光。

艾爾涅斯帝的睡臉在晨曦中逐漸清晰。原本就是張娃娃臉的艾爾在睡著時，更是毫無防備，因此多出幾分稚氣。儘管跟她同年，身材卻依舊嬌小，張開手臂一抱，便能分毫不差地把他收攏在懷中。

「唔呵呵呵。啊啊，還是艾爾可愛……」

輕輕靠近的指尖在他的臉頰上滑動。光滑的觸感，指尖傳來的豐潤彈性。亞蒂的嘴逐漸難看地張開，卻又忽然閉緊。

「……可是，一離開視線範圍，就馬上亂來。」

造成現在他們得在森林過日子的那場戰役也是因為這樣。他的行動總帶著幾分危險性，而且又偏偏因為他本人的能力卓越，所以往往沒能深刻記取教訓。雖然絕大部分他都會想出辦法解決，但裡頭總涵蓋只要稍微出差錯，他就有可能轉眼倒下的危險性。沒錯，正如這次的情況。

「以後絕對不能放你一個人亂來。」

下定決心的同時，亞蒂凝視他的側臉。即使是她，也沒有想過要試著阻止艾爾，因為通常都是徒勞無功。

就這樣望著艾爾的睡臉時，她心中湧現一股忍不住的衝動。她小心翼翼地把臉靠近，免得吵醒他。聽到他細微的鼾聲，一股連呼吸都會發麻的癢意竄過全身。雖然她差點就要噗哧笑出來，但依舊慎重地靠近，吻了他的臉頰。

「嗯，艾爾好柔軟……」

自然而然地，她慢慢撐起上半身，把臉靠近他那令人聯想到多汁飽滿果實的唇瓣——

因為雙頰被牢牢夾住，她的動作被迫停下。稍微睜開眼睛一看，已經醒來的艾爾毫不掩飾他的無奈，按住她的臉。

「……早安，亞蒂。妳這是……？一早起床，突然想做什麼？」

「早安，艾爾。我要把你吻醒，所以你再睡一下下也可以哦？」

「……唉。真是的，妳在說什麼啊。」

一面發出嘆息，一面按住亞蒂的臉，艾爾俐落地採取行動。雙唇在瞬間交疊，又在瞬間分開。

「好了，這樣早安之吻也有了。妳趕快起床吧，亞蒂。」

於是在艾爾起身的期間，亞蒂的臉持續發燙，逐漸融化成笑容。她飛快起身，緊緊抱住他。

「討厭！艾爾！我好喜歡你！」

亞蒂就這樣一直發出「嘿嘿嘿」這類讓人發毛的笑聲，彷彿換了另一個人，艾爾看著她再度發出嘆息。為了省事，他就這樣乖乖地被抱著發呆。

帳篷四周可以聽到森林的細語，以及來自遠方某處的野獸嚎叫。這裡的風景很平靜，讓人幾乎不覺得這裡是魔獸的領域。

「艾爾，我們回得去吧？」

被抱著的艾爾一聽到耳畔傳來的呢喃，便慢慢地站起身，換他輕輕地抱住亞蒂。

「一定會回去。當然還要帶著伊迦爾卡與席爾斐亞涅一起。」

「嗯。」

艾爾在亞蒂的臉頰上留下一吻，走出帳篷外。

「好啦！首先先準備早餐吧，然後再看今天要往哪裡前進。」

今天也一如往常，他們在森林中繼續前進。自己做的地圖增加了愈來愈多資訊，但他們依舊沒有明確的目的地。

某天，他們終於遇見了『那個』。那是一場讓他們在森林中的未來產生激烈變化的相遇。

◆

在森林中前進時，艾爾冷不防地停下腳步。

他豎直耳朵聆聽四周，再奔向附近的樹幹。當他靜靜地將身體貼在樹上時，感受到一股細微的震動。

「……很遠、很重。恐怕是決鬥級以上的魔獸。」

「這次也要避開嗎？」

「基本上是，但我想掌握牠的位置，上樹梢找找看。」

決鬥級魔獸對於沒有幻晶騎士，只有一副肉身的人類而言，本來是致命的存在，但這兩人的戰鬥能力有點非常人所能及。對他們來說，並沒有自己無法收拾的對手，只是因為要花點工夫，所以避開才是上策。

艾爾與穿戴著下降甲冑的亞蒂手腳俐落地爬上附近的樹木。視野一變得開闊，他們便仔仔細細地搜尋起周遭。終於，有個巨大的物體映入他們的眼簾。

兩頭巨大的生物伴隨沉重的腳步聲在森林中前進。大小如艾爾所料，是足以分類在決鬥級的程度。然而他們倒抽一口氣，驚愕地瞪大雙眼。

從樹枝縫隙間可以看到那巨大生物的模樣。那些東西——居然長得像巨大的『人型』。

「不會吧，這種地方怎麼會有幻晶騎士？」

「……不，不對，那不是。感覺不太對勁。難道那是……！」

牠們『頭戴』巨大得簡直可笑的獸類頭骨。從大小判斷，應該是使用決鬥級以上的魔獸骨頭。身上各處也同樣穿戴像是用魔獸皮革或甲殼加工過的『裝備』。光是這樣看，的確像是風格獨特的另一種幻晶騎士。

但是，兩者之間存在著決定性的差異。

炯然有神、含著濕氣的單眼來回逡巡，嘴邊吐出溫熱潮濕的氣息。部分裸露出來的手腳，擁有活生生的脈動以及肌肉的質感。

沒錯，這些巨人是活的。並非藉由人力製作的機械巨人，是貨真價實的本尊——『活巨人』。

「……巨人。牠們不是幻晶騎士……是活生生的、決鬥級的巨人!!」

這個認知給艾爾帶來一陣戰慄。

他轉生到這個世界已匆匆過了十八年。至今經歷過的時光已讓他徹底習慣能夠使用魔法，並以巨大的身軀傲視萬物的魔獸。

從這點來思考，這的確並非不可思議的事。既然一般的野獸會巨大化，那麼其中人型生物巨大化也是大有可能。

但是他們一直以來都將人為製造出的機械巨人當作兵器使用。對他們而言，巨人就是指人類擁有的最強武力——幻晶騎士，再沒有其他。

「沒想到……巨人居然存在。不、不行啊……」

因此，眼前這個活生生的巨人帶給他們相當震撼的不協調感。艾爾緊緊握住亞蒂因混亂、不安而顫抖的手。他給出一個淺淺的微笑，接著用動作示意那對巨人。

「仔細看，那巨人身上穿的不是魔獸的殼經加工後做成的鎧甲嗎？換句話說，牠們有工藝技術、有文化。說不定還有語言。」

「……咦？嗯、是、是嗎？咦咦！」

艾爾眼也不眨地仔細觀察巨人們的一舉手一投足。

巨人的身體因龐大而顯得笨重，相對地也擁有不輸體重的肌力，八成還施加過強化魔法。手上拿著貌似專門用來擊打的棍棒。手指有五根，可預想其靈巧程度應該跟人類無異。

鎧甲大概是用魔獸的屍骸加工出來的成品。主要材料是骨骼、皮革、甲殼，沒有看到金屬類的零件。另外也有使用毛皮或羽毛做裝飾的部分，從這點可以推知牠們擁有裝飾的概念及文化。

在觀察的過程中，艾爾的笑意愈來愈深。

「太好了！亞蒂，我們來跟蹤巨人。」

「噫!?艾爾，你是認真的嗎？」

亞蒂不情願地搖搖頭。那是當然。如果對方只是一般的魔獸，怎樣的傢伙她無所謂。可是龐大到能與幻晶騎士匹敵的巨人——她根本不想去接近那種來歷不明的東西。

「要是能把那巨人的鎧甲弄到手……外殼說不定就有辦法搞定。骨骼怎麼辦呢？要從牠們身上『抽出來』的難度畢竟太高了啊。另外還有結晶肌肉，這部分也是個困難。不過，跟什麼都沒有比起來，難度已經大幅降低了哦。」

「你怎麼突然講這些！喂，那可是活生生的巨人哦。你難道就不覺得……比方說……驚訝之類的？」

怎麼會接受得這麼自然？亞蒂詫異地看著艾爾。艾爾竟然不是先感到震驚，而是首先從如何利用之類的開始思考，腦筋也轉太快了吧。

「牠們的工藝技術到什麼水準呢？說不定也有像鍛造師這類的人？這樣的話，跟牠們套好關係，在各方面都會有所幫助。」

「看來並沒有喔!?艾爾，在你展現可靠之前，拜託先鎮定一下。」

的確，若巨人鍛造師真的存在，感覺作業會比普通人更有效率。話雖如此，突然拜託巨大人型魔獸（推測）這種未知生物幫忙鍛造，實在不是正常人該有的行徑。這世上應該沒幾個像他這種為達目的不擇手段的人吧。

「巨人的確很具威脅性。可是比起我們兩個人漫無目的地在森林中徘徊，現在這樣不是變得有趣了嗎？來，我們走吧！」

「完了，艾爾已經講不聽了。」

即使面對的是種未知的存在，艾爾依舊是艾爾。

訂好目標，而且找到方法的他絕不會停下步伐。亞蒂很快就放棄說服，最後同意他的提議，於是兩人開始悄悄地跟在巨人後頭。

不慎闖入廣大魔物森林中的渺小異類。

為了找回他們，再度前進森林的飛空船。

住在森林中的未知種族——巨人。

三者交織的邂逅，將會為令人畏懼的魔物森林——博庫斯大樹海，帶來前所未有的強烈震撼。

接續《騎士&魔法7》

輕小說

LIGHT NOVELS

騎士＆魔法 6

（原著名：ナイツ＆マジック6）

作者：天酒之瓢

插畫：黑銀

譯者：郭蕙寧

日本主婦之友社正式授權繁體中文版

【發行人】范萬楠

【出　版】東立出版社有限公司

台北市承德路二段81號10樓　TEL：(02)2558-7277

【劃撥帳號】1085042-7

【戶　名】東立出版社有限公司

【劃撥專線】(02)2558-7277　總機0

【美術總監】林雲連

【文字編輯】謝欣純

【美術編輯】李瓊茹

【印　刷】勁達印刷廠

【裝　訂】台興印刷裝訂股份有限公司

【版　次】2017年08月12日第一刷發行